# LE MIROIR

# DES SALONS

Imprimerie Bonaventure et Ducessois, 55, quai des Grands-Augustins
(près le Pont-Neuf).

# LE MIROIR

# DES SALONS

## SCÈNES DE LA VIE PARISIENNE

## PAR Mᵐᵉ DE SAINT-SURIN

---

NOUVELLE ÉDITION

Illustrée de six vignettes et d'un portrait de l'auteur.

## PARIS

Mᵐᵉ Vᵛᵉ LOUIS JANET, LIBRAIRE-ÉDITEUR

Rue Saint-Jacques, 59.

M<sup>me</sup> DE SANN SURON.

M.<sup>lle</sup> Ve Grenier Fils.                                                    Belliard lith.

Imp.<sup>eur</sup> Auguste Bry

# LISTE DES VIGNETTES

Portrait de l'auteur.

Journée d'une jolie femme.

Partie de campagne (château de Ruel), (Anne d'Autriche).

Soirée littéraire (M<sup>lle</sup> Duchesnois).

La représaille.

Le vieux garçon.

Une fête à Vincennes.

# AVERTISSEMENT

Deux éditions rapidement épuisées garantissent le succès du *Miroir des Salons*.

L'auteur a fait à son livre des additions importantes : une *Fête à Vincennes* paraît ici pour la première fois, et la *Semaine à Paris*, ainsi que d'autres opuscules a été augmentée de plusieurs scènes qui ajoutent plus d'un trait piquant à ces tableaux si vrais des habitudes de la société parisienne.

Une notice sur M<sup>me</sup> de Saint-Surin et ses principaux ouvrages, composée par M. Monmerqué, membre de l'Académie des Inscriptions et Belles-Lettres, pour le *Journal l'Artiste*, a été par lui soigneusement revue et augmentée, et il a bien voulu consentir à ce qu'elle fût placée à la tête de ce volume.

Il appartient surtout aux Dames de saisir et de peindre ces nuances délicates des mœurs et de la conversation de nos sociétés choisies. Le *Miroir des Salons* les reflète avec grâce, vérité, et toujours avec bonheur.

Notre gracieux auteur a soigneusement observé la société, et il s'est plu à la peindre dans de courtes scènes spirituellement dialoguées, semées de fragments littéraires et de quelques pièces historiques l'utile est ici réuni à l'agréable.

Ce n'est pas seulement en France que ce livre a eu des succès; il a aussi été bien accueilli à l'étranger. Ces conversations vives et légères, spirituelles et délicates, ont trouvé au loin de l'écho; et même aux bords de la Sprée et de la Néva, plus d'une Dame du Nord s'est familiarisée en les lisant avec les entretiens des cercles de Paris, où plus tard elle devait être appelée à apporter son tribut.

L'éditeur n'a rien négligé pour illustrer le *Miroir des Salons;* il y a joint six lithographies composées par M. Louis Lassalle, artiste distingué, auquel on doit déjà des illustrations pour les œuvres d'Alexandre Dumas.

Ces embellissements sont autant de petits tableaux de genre, bien pensés et spirituellement rendus, où les personnages de ces drames sont mis en scène.

Un portrait de M^{me} de Saint-Surin, dessiné sur pierre par M. Belliard, l'un de nos plus habiles lithographes, d'après la belle miniature de M^{lle} Voullemier, est placé au frontispice de ce volume; il y ajoute un intérêt de plus pour le lecteur, qui pourra ainsi faire connaissance avec l'aimable peintre des salons.

# NOTICE LITTÉRAIRE

### SUR L'AUTEUR DU

# MIROIR DES SALONS

# NOTICE LITTÉRAIRE

sur l'auteur du

# MIROIR DES SALONS

> Les fleurs de sa couronne étaient disper ées
> j'en ai réuni quelques-unes.

**M**adame de Saint-Surin (Marie-Caroline-Rosalie Richard de Cendrecourt) a reçu le jour sous le beau ciel du Languedoc. Elle entrait à peine dans l'adolescence, quand on la maria à M. de Saint-Surin, littérateur et critique distingué. Leur maison était ouverte aux hommes de lettres : aussi M<sup>me</sup> de Saint-Surin fut-elle de bonne heure initiée à la connaissance et à l'appréciation de nos chefs-d'œuvre. Un esprit vif, des grâces naïves et sans prétention, de

jolis traits, une physionomie singulièrement mobile et
expressive, assurèrent à M^me de Saint-Surin de brillants succès; on l'a vue souvent, dès cette époque, s'attirer dans un cercle l'attention générale par la vivacité et l'à-propos de ses saillies. Ceux qui ont l'avantage de la connaître sentiront mieux que nous ne le
pourrions dire tout ce qu'il y a de charmes et d'a-
grément dans les mille contrastes réunis en elle. Son
caractère est un composé indéfinissable de rêverie
et de gaieté, de sérieux et de frivole, de noblesse et
de simplicité. Dans sa conversation s'allie souvent au
plus léger badinage une pensée judicieuse, née d'un
esprit accoutumé à embellir la raison des formes
gracieuses d'une riante imagination. M. de Fontanes
disait que *le goût était pour elle un instinct*, et rien
n'est plus vrai; car le goût peut bien se perfection-
ner; mais celui qui n'en a pas reçu le germe ne
saurait l'acquérir. M^me de Saint-Surin entrait alors
dans le monde : c'était la naïveté même; une cer-
taine grâce native, une candeur enfantine en faisaient
un être à part. Un jour. M. de Fontanes, arrivant chez
elle, la trouva seule, mais point oisive; elle s'amu-
sait à souffler dans l'air des globules de savon.
Charmé de ce gracieux tableau, le président du Sé-
nat, le grand-maître de l'Université, prit de ses
mains le chalumeau, et, faisant envoler à son tour
une de ces bulles légères, emblème de notre fragi-
lité, l'homme d'État de s'écrier : — *Sic transit glo-
ria mundi!* — Que signifient ces mots latins? demande la jeune femme. — « Ainsi passe la gloire du

monde, reprend Fontanes, ainsi tous nous passe-
serons. » Quelques jours après, M^me de Saint-Surin
reçut les vers suivants :

Je voudrais peindre Rosalie,
Ce n'est pas l'affaire d'un jour ;
C'est la Raison, c'est la Folie ;
C'est la Sagesse, c'est l'Amour ;


C'est un assortiment étrange ;
C'est un ensemble ravissant ;
Elle est dévote comme un ange
Et mobile comme un enfant.


Pendant six jours de la semaine,
De jeux en jeux, de fleurs en fleurs,
Son esprit léger se promène,
Brillant de toutes les couleurs.


Mais dans les fêtes solennelles,
Dans les jours à grand carillon,
Il vole aux clartés éternelles
Sur ses ailes de papillon.


Tendre et vive, coquette et sage,
Elle se plaît à tout charmer ;
Mais elle ne sait pas, je gage,
Qu'on peut trop plaire et trop aimer.

Son âme est des plus inflammables,
Mais le Ciel a dit à ses sens :
Vous pourriez être trop coupables,
Demeurez toujours innocents.


Avec ces sens, avec cette âme,
Je ne vois de comparaison
Que ceux de la première femme
Dans le Paradis de Milton;


Mais Ève n'était pas Française ;
La merveille que je décris
Naquit presque Montalbanaise,
Et mon modèle est à Paris.


Naturellement indulgente, M^{me} de Saint-Surin repousse la malice, et ses jolis mots sont rarement aiguisés en épigramme. Quelqu'un prête-t-il au ridicule, elle s'efforcera d'atténuer le tort léger qu'elle ne pourra nier entièrement. La douceur et une aimable disposition influent sur toutes ses actions. Être agréable à ses amis, soulager ceux qui souffrent, se priver d'une parure ou d'une fête pour venir au secours de l'infortune, sont ses distractions les plus douces. La bienveillance lui est si naturelle qu'on pourrait lui appliquer ces paroles de Claire à l'héroïne de Jean-Jacques : « Ce n'est ni ta beauté, ni ton es-
« prit, ni ta grâce…. mais c'est cette âme tendre et

« cette douceur d'attachement qui n'a point d'égal ;
« c'est le don d'aimer.... qui te fait aimer ; on peut
« résister à tout, hors à la bienveillance, et il n'y a
« point de moyen plus sûr d'acquérir l'affection des
« autres, que de leur donner la sienne. »

Ce caractère naturel, vif, et cependant réfléchi,
fit souvent donner à M^{me} de Saint-Surin, dans son
cercle intime, le surnom d'*Égérie*; il est, en effet,
arrivé plus d'une fois que les inspirations spontanées
de la jeune femme ont trouvé place dans les travaux
du biographe de Mme de Sévigné, que son esprit sérieux faisait naturellement comparer à *Numa*.

Justement appréciée par une société au sein de
laquelle elle se plaisait, M^{me} de Saint-Surin vit s'é-
couler plusieurs années sans qu'elle parût se douter
que de gracieux ouvrages pouvaient naître de sa
plume. Elle n'avait jamais écrit que de jolis billets, quand des circonstances particulières la ra-
menèrent au fond de l'Angoumois. Éloignée de
ses nombreuses relations, elle chercha dans les
lettres une distraction qui lui manquait, et elle écrivit. On peint bien ce qu'on a vu : aussi M^{me} de Saint-
Surin s'est-elle attachée, dans ses premiers essais, à
retracer les scènes d'un monde qui l'avait accueillie
avec distinction, et dont elle se trouvait éloignée.
Tout en causant dans les salons, elle observait les
personnes et les choses ; elle retenait des mots heureux, des situations, des portraits. Elle fit des livres
sans avoir jamais songé à s'ériger en auteur.

Elle en exprimait naïvement sa surprise dans une

lettre adressée à une dame de ses amies, dont voici un fragment :

« On m'avait peint les libraires comme des Maures, écrivait-elle, et les journalistes comme des Turcs : aussi m'attendais-je à être traitée de *Turc à Maure;* bien loin de là ; il s'est présenté chez moi un éditeur tout français, qui, après avoir lu ma nouvelle de *l'Opinion et l'Amour,* m'en a dit des choses aussi polies que s'il ne se fût pas proposé d'acquérir mon manuscrit. Il m'en a demandé le prix d'une manière si délicate, que j'aurais voulu lui faire présent de mon petit livre ; mais on m'avait bien recommandé de ne pas gâter le métier. En revanche, je le laissai maître de fixer le chiffre du tirage, qu'il porta à douze cents : ce grand nombre me souriait.... De retour chez lui, mon éditeur m'envoya la somme convenue, en m'écrivant que le prix d'un premier ouvrage ne devait pas se faire attendre. Je soulevai le petit sac ; il me semblait impossible de mettre cet argent en circulation : j'érigeai donc en médailles les pièces de cinq francs qu'il contenait, et je les distribuai aux personnes qui m'entouraient. J'en conserve une précieusement dans mon écrin. Ce fut bien autre chose quand parut le joli petit volume, imprimé par Didot, orné de vignettes : je regardais mes exemplaires, je les lisais, je ne pouvais me persuader que ce fût mon œuvre.... Les journaux parlèrent du livre avec bienveillance ; les *Débats* comparèrent mon opuscule aux nouvelles de Mᵐᵉ de Duras.... Mᵐᵉ de Genlis, M. de Martignac, M. le vicomte d'Arlincourt et tant d'autres, m'écrivirent des lettres charmantes. Un soir, comme j'allais à un bal, on m'apporte un carton élégant d'où s'exhalait le parfum le plus suave ; je l'ouvre, il renfermait une guirlande composée de diverses fleurs, entremêlées d'immortelles, avec ces mots empruntés du titre de ma nouvelle : « *Au nom de l'Opinion et de l'Amour cette couronne vous appartient*. Reconnaissant l'écriture du docteur Alibert, ancien ami de ma famille, je posai aussitôt la couronne sur mes cheveux, je dansai toute la soirée ; et jamais *bas-bleu* n'a paru mieux coiffé.... »

Ainsi commença la carrière littéraire de M^me de Saint-Surin. Sa nouvelle de *l'Opinion et l'Amour* fut bientôt suivie du *Bal des Élections*, et l'on crut reconnaître dans le personnage de Nathalie quelques traits de l'auteur. On en pourra juger par ce passage :

« Nathalie d'Angels, jeune veuve piquante et langoureuse tout-à-la-fois, passait par goût huit mois de l'année dans la retraite, qu'elle abandonnait ensuite pour se livrer au tourbillon du grand monde ; son esprit, son caractère, sa beauté, tout en elle réunissait les plus grands contrastes. Un teint animé, semblable à la vive rose de Provins, des cheveux d'un noir d'ébène..... l'eussent fait passer pour la brune la plus séduisante, si de beaux yeux bleus, pleins de douceur, n'avaient donné aux blondes le droit de la revendiquer..... M^me d'Angels avait tout pour plaire..... Paraissait-elle dans le monde, un nombreux cortége d'adorateurs l'environnait aussitôt ; de retour dans la solitude, elle y jouissait du doux concert des vœux et des bénédictions des malheureux qu'elle secourait. Naturelle, expansive, haïssant la dissimulation... tendre et coquette tour-à-tour, suivant les mouvements rapides de son esprit et de son cœur, que ses sentiments religieux modifiaient toujours à temps, elle s'arrêtait justement à ce point qu'une femme ne doit jamais franchir, etc.....»

Encouragée par ces premiers succès, M<sup>me</sup> de Saint-Surin consentit à mettre son nom à *Isabelle de Taillefer, comtesse d'Angoulême,* nouvelle historique, dont le sujet est emprunté des anciennes chroniques de l'Angoumois.

Cet ouvrage vient de reparaître avec de grandes augmentations dans une seconde édition, ornée de portraits gravés sur acier par M. Delaunoy. L'auteur y a joint un Précis remarquable sur les Reines d'Angleterre, et une Notice sur l'Aquitaine, qu'on lit avec un grand intérêt.

Après *Isabelle,* le *Miroir des Salons, scènes du monde,* parut. C'est une série de petits ouvrages dramatiques, de courts proverbes, susceptibles d'être joués à la campagne. On aime à y retrouver le tableau des mœurs et de la conversation de cette société parisienne qui donne le ton, et fera toujours de Paris le *salon* de l'Europe. Le livre ayant été rapidement enlevé, une seconde édition la suivit. L'auteur y joignit une partie préliminaire d'un intérêt piquant, où, sous le titre d'*Une Semaine à Paris,* sont placés, sous chaque jour, de courts récits de faits accompli dans la société de l'auteur. Tout y est vrai, si vrai même, que, pour satisfaire à quelques convenances, il a fallu indiquer par des lettres initiales des noms, dont plusieurs jouissent d'une juste célébrité. On y lit plusieurs morceaux de poésie que MM. Alexandre Soumet, Jules de Rességuier, Emile Deschamps, Jules Lefèvre, M<sup>mes</sup> Désormery, d'Altenheym et Valmore, M<sup>lle</sup> Elisa Mercœur, cette muse sitôt enlevée aux lettres, s'empressèrent de mettre à la disposition de M<sup>me</sup> de Saint-Surin, qui se plut à les encadrer dans son opuscule. Le *Journal des Débats*, la *Gazette de France*, la *Mode*, et d'autres journaux encore, rendirent justice, à cette occasion, à un talent aussi facile que gracieux.

Le spirituel auteur de la comédie de l'*Avocat*, M. Roger, s'exprimait ainsi dans une lettre adressée à l'auteur : « J'ai lu et relu à Villecrêne (chez M. Campenon) votre *Miroir des Salons* : ce sont de jolies petites comédies dont je serais jaloux, si je me mêlais encore d'en faire ; j'espère que le hasard m'en procurera un exemplaire, soit par vous, soit par moi, car je le veux absolument. »

Une visite à l'ancien palais des Thermes devint pour M<sup>me</sup> de Saint-Surin l'occasion de publier l'*Hôtel de Cluny au moyen-âge*. L'auteur y jette un coup-d'œil rapide et poétique sur l'ancien palais des Thermes et sur la curieuse collection d'antiquités françaises rassemblée par le zèle observateur et éclairé de M. Dusommerard, devenue depuis une collection nationale. L'auteur a réuni dans ce volume des rimes

*b*

contenant les lois de la civilité au quinzième siècle ; ces vieilles poésies ajoutent à l'ouvrage un véritable prix de curiosité littéraire. M. Jules Desnoyers, dans le *Bulletin de la Société de l'Histoire de France*, signala ce petit livre à l'attention des amateurs de notre ancienne littérature.

Un joli roman de mœurs, intitulé *Maria, ou Soir et Matin,* donné par M^me de Saint-Surin, eut un remarquable succès. Les caractères y sont bien tracés. Maria, jeune femme simple, gaie, légère et tant soit peu maligne, trompée dans ses affections, et néanmoins résignée à la tristesse de son sort, adoucit ses douleurs en faisant le bien. L'auteur s'est proposé de montrer que *rien n'est quelquefois moins raisonnable qu'un mariage de raison.* Tous ceux qui liront *Maria* en demeureront convaincus. On crut voir dans ce joli ouvrage une personnification ; cette idée parut même dominer quelques-uns des écrivains qui en rendirent compte dans les journaux. « Maria, écrivait M^me d'Altenheym (Gabrielle Soumet, que ses belles poésies lyriques placent non loin de l'illustre académicien), Maria est une jeune femme, belle et douce, dédaigneuse et tendre, que l'on a rencontrée peut-être dans le monde, comme l'auteur nous le dit, ajoutant avec un mélancolique souvenir : *Ne la cherchez plus ; son cœur a inutilement battu sur la terre, et sa belle âme s'est tournée vers le ciel !* Non, on ne cherchera plus Maria, mais on l'aimera toujours ! On aimera toujours cette création charmante, femme et ange, dont la cou-

ronne est une auréole, et qui ne sourit que pour
consoler. »

« J'ai lu cette simple et touchante histoire de Maria, écrivait à l'auteur M. Jules Janin. Maria est véritablement une aimable et douce créature, qui subit
sans se plaindre des malheurs cachés, pour lesquels
il n'y a ni compensation ni consolation en ce monde.
La société dans laquelle votre héroïne se laisse vivre
n'est pas d'une vérité moins grande ; rien n'y est exa-
géré, ni les vices, ni les vertus, ni le dévouement,
ni l'égoïsme : ce sont bien des personnages en chair
et en os, des gens qu'on voit, qu'on salue, qu'on
n'aime guère et à qui on parle tous les jours. J'a-
voue que je vous trouve bien un peu cruelle pour
cette femme si bonne et si belle, de lui arracher tout-
à-coup le jeune homme qu'elle aime, et de la jeter
sans pitié dans le religieux dévouement d'une sœur
de la Charité ; mais cependant il y a quelque chose
de si vraisemblable dans votre récit, qu'on vous par-
donne cette fatale catastrophe. Comme aussi il y a
beaucoup à louer dans votre style : il est simple
et naturel comme l'action de votre livre ; il est
plein d'aisance sans affectation, et de politesse
sans manière ; on aime une femme qui pense ainsi
sans bruit, et qui cependant pense tout haut ce
qu'elle vous dit d'une voix doucement émue et
agitée. »

Un jeune poëte, enlevé trop tôt à sa famille et aux
lettres, Gustave de la Noue, dans son poëme d'*Enosch,*
tout parsemé des élans chrétiens d'un génie prêt à

descendre dans la tombe, adressait à M^me de Saint-
Surin de mélancoliques adieux, en la remerciant de
l'envoi de *Maria*. Il exhalait en ces termes comme
une dernière étincelle du feu sacré qui le consumait :
« O Maria ! s'écriait-il, fleur de mai, qui es venue à
la vie en même temps que ce que la nature a de
plus frais et de plus riant, dans le mois où les jeunes
filles des campagnes et le saint clergé des villes fêtent
leur patronne, qui est aussi la tienne, ô Maria ! quel
souhait peut déposer le poëte sur ton berceau ? Le
passé de ta mère ne répond - il pas de ton avenir ! ! ! »

Dans le chapitre de *Maria* intitulé *Le Songe,* le
style de l'auteur, s'élevant sur les ailes de l'inspira-
'tion, emprunte à la poésie de brillantes couleurs ; une
sorte d'accent biblique vient donner au récit un
charme entraînant. Un poëte italien, le signor Cellotti, qui a célébré M^me de Saint-Surin dans plusieurs
sonnets, a traduit avec succès cette scène fantastique.
Pour donner une idée de cette élégante imitation,
nous citerons le chant de Maria, au moment où, semblable à la fille de Jephté, elle pleure sur elle-même,
andis qu'une foule bruyante, entraînée par une sorte
de danse infernale, se livre à une joie qui brise le
cœur de l'héroïne.

« J'irai sur la montagne et je pleurerai longtemps ;
je dirai à mes compagnes : Souvenez-vous de moi quand
je ne serai plus, car je vais mourir, semblable à la
fleur qui s'incline sur sa faible tige, parce qu'elle est
privée de la rosée du ciel.

« Et la danse tourbillonnante allait, allait, allait toujours.

« O mon père! pourquoi me sacrifier si tôt? Pourquoi me voiler l'éclat du jour? Le soleil me refusera-t-il sa douce chaleur? Descendrai-je dans la tombe obscure avec ma couronne glacée et mon long voile virginal?

« Et la danse frémissante emportait les joyeux danseurs; les écharpes onduleuses s'enlaçaient avec amour; les cœurs palpitaient sur les cœurs. »

Voici maintenant l'imitation de M. Cellotti :

Andrò fra le montagne
A struggermi nel pianto,
Dicendo alle compagne :
Non vi scordar di me.


Sono a morir vicina.
Qual fior che il capo inchina,
Quando del ciel la vampa
Inaridir lo fè.


E il ballo fervido, con spessi vortici,
Rapìa nel turbine i danzator.


Perchè sì presto, o padre !
Mia vita spegnerai?

Perchè à quest' occhi torrai
La luce alma del ciel?


Perchè già nella tomba
Precipitar degg'io,
Col freddo serto e l' mio
Lungo virgineo vel?


E il ballo fervido, con spessi vortici,
Rapìa nel turbine i danzator.
Le braccia intrecciansi, le membra annodansi,
Ogni cuor palpita, freme d'amor.


Nous passerons sous silence un grand nombre d'articles insérés par M<sup>me</sup> de Saint-Surin dans divers recueils : on y retrouve la grâce et la pureté de diction dont l'auteur ne s'éloigne jamais : il suffira d'indiquer *la Vénitienne*, insérée dans un keepsake intitulé *Le Diamant*; une gravure anglaise en avait inspiré la pensée. On remarque aussi la *Légende sur Saint-Étienne-du-Mont*, mise au jour par Louis Janet.

C'est par les soins de M<sup>me</sup> de Saint-Surin qu'a été publié un ouvrage éminemment utile, intitulé *Le Livre de l'Enseignement primaire*; le Conseil royal de l'Instruction publique l'a honoré de son approbation. M<sup>me</sup> de Saint-Surin a aussi composé le *Manuel des Enfants*, approuvé par feu M<sup>gr</sup> de Quélen, archevêque de Paris, et par le Conseil royal. Ce petit ouvrage, distingué d'une foule d'autres par l'Académie française, a valu à son auteur un noble encouragement, que Mᵐᵉ de Saint-Surin s'est empressée de mettre à la disposition de M. le président des salles d'asile, dans le but de concourir à cette utile institution.

En ce moment, MM. Tétu et Cⁱᵉ, éditeurs, viennent de terminer un autre vol. in-12, à l'usage des élèves et des maîtres, intitulé *Paul Morin, ou Entretiens d'un Instituteur avec ses Élèves*. Cet ouvrage est destiné à l'instruction morale de la jeunesse. Les divers exemples qui y sont cités sont empruntés dans les livrets des séances de l'Académie française, où se distribuent les prix Montyon. Ce livre a le double avantage d'être de nature à amuser les élèves en même temps qu'il les instruit.

Plusieurs de nos poëtes ont célébré Mᵐᵉ de Saint-Surin. M. Alexandre Soumet lui a adressé de beaux vers, empruntés du début de sa *Divine Épopée*; les voici. On a eu le soin d'indiquer par des caractères italiques les variantes que présente avec le texte du poëme cette première pensée du grand poëte ·

## L'AIGLE ET LA COLOMBE.

A Mᵐᵉ de Saint-Surin.

Un Aigle qui planait sur un ciel nuageux
Veut savoir s'il est roi de l'empire orageux :
Son vol s'y plonge ; il vient, l'aile sur sa conquête,
Se placer, comme une âme, au *sein* de la tempête,

## ✥ XXX ✥

Et surveiller de près tous les feux dont a lui
Ce volcan voyageur qui s'élance avec lui ;
Mais, brisé dans sa force, il hésite, il tournoie ;
L'horizon de la foudre autour de lui flamboie,
Et sous le *vol* de feu courbant son vol altier,
Ce roi de la tempête en est le prisonnier.
Emblème tourmenté de l'existence humaine,
Un tourbillon l'emporte, un autre le ramène ;
Son cri royal s'éteint au bruit tonnant des airs :
Un éclair vient brûler son œil rempli d'éclairs.
Alors *aveugle et lourd*, comme un oiseau de l'ombre,
Ou pareil, dans la nue, au navire qui sombre,
On voit aux profondeurs de cet autre océan
*A moitié submergé flotter l'aigle géant ;*
La grêle bat son flanc qui retentit... l'orage,
Comme un premier trophée, emporte son plumage ;
Il cherche son soleil ; mais, d'ombre tout chargé,
Sur un écueil des cieux le soleil naufragé
A perdu comme lui son lumineux empire ;
Son disque défaillant dans le nuage expire,
Et l'ouragan, vainqueur de son *pâle* flambeau,
Engloutit l'aigle et l'astre en un même tombeau.


### ENVOI.


Mais toi, Muse au front pur, colombe d'harmonie,
Tu traverses d'un vol l'orage du génie.
Sans faner ton sourire et tes fraîches couleurs,
Son souffle épanouit tes corbeilles de fleurs.
S'il jette autour de toi quelque sombre nuage,
Ton aile radieuse illumine l'orage,

Et telle qu'une abeille, en descendant du ciel,
Tu grossis les trésors de ta moisson de miel.

ALEXANDRE SOUMET.

Nous ne pouvons résister au plaisir de citer un joli quatrain de M. Pougens, de l'Académie des Inscriptions et Belles-Lettres. Peu de jours avant de mourir, cet aimable vieillard le traça d'une main tremblante, malgré sa cécité, et il l'envoya à M^{me} de Saint-Surin, qui lui avait demandé quelques lignes de son écriture :

Si ces mots qu'en riant je trace de ma main
Frappent tes jolis yeux, charmante Saint-Surin,
Sur ta bouche rosée amènent le sourire,
C'est une apothéose, et la seule où j'aspire.

Cette notice aurait pu être enrichie de plusieurs autres pièces à la louange de l'auteur; mais il a fallu se borner, et l'on placera seulement ici les vers suivants, adressés à M^{me} de Saint-Surin, à l'occasion de sa fête, par M^{me} d'Altenheym, née Soumet :

### A ROSA DE SAINT-SURIN.

Pourquoi chanter les fleurs dont nous parons ta tête ?
Pourquoi chanter ce jour entre les plus beaux jours ?

Ton nom est un hymne de fête

Que la Muse dira toujours.

L'abeille a mis son ambroisie

Sur ton sourire gracieux,

Les songes voltigeants qui passent dans tes cieux

Sont étoilés de poésie;

La rêveuse langueur de ton œil velouté,

Tout ce qu'on admire et qu'on aime

Ce mélange de grâce et d'immortalité,

La gloire unie à la beauté,

C'est le plus doux accord de la lyre suprême.

Chaque époque a été caractérisée par ses contemporains. L'hôtel de Rambouillet, le Luxembourg et Saint-Fargeau, le salon de Ninon, comme les jardins de Sceaux, ont eu leurs historiens et leurs peintres; les réunions de Mᵐᵉˢ Du Deffand, Geoffrin et Necker, ont eu aussi les leurs; Mᵐᵉ de Saint-Surin s'est mise au rang des peintres les plus vrais et les plus spirituels de la société au milieu de laquelle nous vivons.

Plusieurs artistes se sont appliqués à reproduire les traits de Mᵐᵉ de Saint-Surin; mais la mobile expression de sa gracieuse physionomie est devenue un écueil pour plusieurs. On la retrouve cependant dans un joli dessin à la mine de plomb, de M. Romain Cazes. Le célèbre Gayrard a aussi offert aux amis de Mᵐᵉ de Saint-Surin ses traits fins et spirituels, dans un beau médaillon en bronze; son profil y respire

comme M<sup>me</sup> de Sévigné dans la belle médaille dont,
en 1816, ce grand artiste a doté les lettres. A la vue
de ce médaillon, si vrai et si justement admiré,
M<sup>me</sup> d'Altenheym improvisa les vers suivants :

> Gayrard, en nous donnant cette empreinte fidèle,
> De son art atteint les sommets :
> L'artiste a fait vivre à jamais
> Toute la grâce du modèle ;
> Oui, Rosa, nous vous rassemblons
> Tous les deux dans un même hommage,
> Et c'est au *Miroir des Salons*
> Que les yeux du sculpteur ont vu ta douce image.

Une médaille du module de trois centimètres, gravée par le même artiste, reproduit le médaillon avec
de nouvelles finesses. On lit au revers ces mots entourés d'une couronne de lauriers : *Cara Musis, Gratiis, amicis.*

Le dessin, privé de la couleur, ne rend qu'imparfaitement les traits ; la sculpture, art monumental,
reste froide pour l'animation ; il était réservé à
M<sup>lle</sup> Voullemier de fixer dans un beau portrait tous
les agréments de son modèle. Depuis longtemps
M<sup>lle</sup> Voullemier nous avait accoutumé à ce genre de
triomphe. On se souvient de *la Soubrette écoutant aux
portes* et de *la Sœur de Charité qui visite une pauvre
femme*, jolis tableaux de genre, dont le premier fut

acquis par M<sup>me</sup> la duchesse de Berri. Cette artiste s'est depuis longtemps placée au rang de nos peintres de portraits les plus distingués par ses belles miniatures exposées au Salon ; en l'année 1835 elle a obtenu la grande médaille d'or. M<sup>lle</sup> Voullemier n'a épargné ni temps, ni soins, ni étude, pour parvenir à rendre des traits qui par leur mobilité échappent si rapidement à l'observation, et elle est arrivée à faire de M<sup>me</sup> de Saint-Surin la miniature la plus vraie, la plus fantastique, la plus pensante, la plus riante, la plus changeante, enfin, la plus ressemblante au gracieux auteur dont notre plume a essayé de tracer ici une légère esquisse. M<sup>lle</sup> Pauline de Flaugergues, amie de M<sup>me</sup> de Saint-Surin, fut si touchée de l'ouvrage de M<sup>lle</sup> Voullemier, qu'elle lui envoya les vers suivants :

Grâce à toi, noble artiste, au pinceau créateur !
D'autres t'admireront ; moi, je sens que je t'aime :
Dans ton œuvre sourit mon amie elle-même ;
Voilà ses traits chéris, son regard enchanteur.


En la voyant ainsi gracieuse et penchée,
Pour l'entendre parler je me suis approchée ;
J'ai béni ton bel art et j'ai dit dans mon cœur :
Grâce à toi, noble artiste, au pinceau créateur !


Ce charmant portrait, exposé au Salon, attira tous les regards ; il joint à une ressemblance parfaite le charme de l'exécution la plus achevée, sans que le travail y ait produit aucune sécheresse. La pose est noble, gracieuse, naturelle, conforme aux habitudes du modèle ; l'aimable personne vit et respire ; elle sourit à la pensée qu'elle va confier à son *album*. C'est ainsi que Mᵐᵉ de Saint-Surin aura rassemblé les traits de mœurs épars dans ses ouvrages ; et c'est ainsi qu'un artiste a dû concevoir l'auteur du *Miroir des Salons* et de *Maria*.

Ce joli portrait, gravé dans l'*Artiste* par M. Geoffroy, vient d'être reproduit pour la seconde fois par M. Belliard, dans une lithographie dont la finesse dépasse ce que cet art a jusqu'à présent produit.

A l'apparition du portrait peint par Mˡˡᵉ Voullemier, l'auteur du *Miroir des Salons* reçut les vers suivants :

### A Mᵐᵉ DE SAINT-SURIN.

En contemplant les traits de cette autre Corinne
Dont un rayon céleste illumine les yeux,
Tu restes éperdu, et leur grâce divine
Te faisant pressentir un habitant des cieux,
Tu te dis en tremblant : « Est-ce un ange, une femme?
Ou, du culte des arts sublime invention,
Serait-ce quelque noble et douce fiction,
   Qui, chef-d'œuvre d'un autre Apelle
   Eut pour chaque attrait un modèle
   De grâce et de perfection ?

## ⁕ XXXVI ⁕

Oui, sans doute, à la poésie
L'artiste déroba ce sourire enchanteur ;
Sapho, Staël, ou le Génie
Ont dû poser pour ce regard vainqueur,
Et l'Amour, si je ne m'abuse
A dû prêter à cette Muse
Son air de tendre langueur.


Imprudent!... elle existe, celle
Dont tu viens admirer les traits !
Plus séduisante et non moins belle,
Saint-Surin servit de modèle
A ce délicieux portrait.
Talent, esprit, génie, elle a tout en partage :
Elle eût été la Ninon de notre âge...
Mais de la grâce en elle admire les effets,
Se jouant de l'Amour, cette beauté cruelle
De tous côtés lance ses traits,
Et sait les aiguiser sans se blesser jamais.
Crains de la rencontrer... déjà sa douce image,
T'ayant fait oublier que tu veux être un sage,
Tu ne peux détacher les yeux de ce portrait...
Que serait-ce donc s'il parlait ! ! !


M^me de Saint-Surin a composé un petit ouvrage
intitulé : *La Tour de Cordouan, ou Voyage dans l'ancienne Aquitaine.* Des morceaux en ont été publiés dans
le *Journal des Dames.* On voudrait voir paraître cet

ouvrage entier et réuni. On y remarque une foule de
traits de naturel propres à M^{me} de Saint-Surin; c'est
un genre de mérite qui chaque jour devient plus rare;
on ne veut plus être simple, et l'on n'est plus vrai;
pour être nouveau à tout prix, on tombe dans l'extraordinaire et le plus souvent dans le bizarre.

MONMERQUÉ, de l'Institut.

# LA JOURNÉE

# D'UNE JOLIE FEMME

J'ai fait un peu de bien, c'est mon meilleur ouvrage.
VOLTAIRE.

## PERSONNAGES.

M<sup>me</sup> DE SAINT-GÉLIN.
LE MARQUIS D'ABLEVILLE.
M. DE MELCY.
M<sup>me</sup> LEVERD, marchande de modes.
JULIETTE, femme de chambre de M<sup>me</sup> de Saint-Gélin.
BABET.


*La scène se passe à Paris.*


Première partie, chez M<sup>me</sup> de Saint-Gélin.
Deuxième partie, chez la marchande de modes.
Troisième et dernière partie, chez M<sup>me</sup> de Saint-Gélin.

La Journée d'une jolie femme.

Vous voyez à vos pieds Madame une victime de...

# LA JOURNÉE

# D'UNE JOLIE FEMME

**PREMIÈRE PARTIE.**

*Le matin. Appartement de madame de Saint-Gélin.*

## SCÈNE I.

### Mᵐᵉ DE SAINT-GÉLIN, JULIETTE.

##### Mᵐᵉ DE SAINT-GÉLIN.

Bon Dieu! que de choses il me reste à faire aujourd'hui! Par où commencerai-je?

##### JULIETTE.

Je croyais avoir entendu dire à Madame qu'elle devait aller ce matin visiter la nouvelle laiterie qui vient de s'établir près d'Auteuil.

##### Mᵐᵉ DE SAINT-GÉLIN, *après un moment de réflexion.*

Non, je préfère aller au quai aux Fleurs; c'est mer-

credi ; toutes mes jardinières ont besoin d'être renouvelées. Dites à Pierre de mettre les chevaux ; on le pré-
viendra quand il faudra faire avancer la voiture.

JULIETTE.

Il suffit, madame. (Elle sort.)


## SCÈNE II.

### M<sup>me</sup> DE SAINT-GÉLIN, *seule*

Puisque me voilà seule, parcourons un peu mon courrier de ce matin. (Elle s'approche d'un vide-poche et ouvre un
tiroir.) Juliette a l'ordre de mettre ici les lettres qu'on
m'apporte... Voyons si j'en ai beaucoup aujourd'hui.
(Elle retire plusieurs billets.) Déchirons d'abord cette enveloppe, dont je reconnais l'écriture... M<sup>me</sup> d'Altenheim,
la poétique fille de M. Alexandre Soumet...; même dans
sa prose, il règne un parfum de poésie ; c'est comme la
brise du soir, qui jette dans une douce rêverie. (Elle lit.)
« Vous êtes comme un oiseau : jamais posée, toujours
bien haut et chantant ! Moi, je pars désolée, sans vous
avoir vue. Que vous êtes invisible ! Invisible, c'est un
attribut de la *divinité*, et c'est pour cela, sans doute, que
vous l'adoptez, méchante ! Je vous embrasse tout de
même du fond de l'âme. Nous nous retrouverons, enfin, il
faut l'espérer, à Paris, votre ville et la mienne... Adieu,
mon amie chère, adieu ! je vous reviendrai, et de cet

espoir je me fais une consolation. » (M^me de Saint Gélin renferme ce billet dans le sac du vide-poche, et elle en décachette un second.) Voici un mot du spirituel académicien M. de Féletz. Ce sera sans doute la réponse à l'invitation de soirée que je lui ai envoyée ; il n'y va guère plus, à présent. N'importe ! je suis d'avis qu'on doit écrire à ses amis quand on donne des fêtes, bien qu'ils ne puissent y assister : un bon souvenir fait toujours du bien : l'oubli envers les vieillards serait une ingratitude. (Lisant.) « Il ne faut pas parler, Madame, de soirées, de réunions, de romances, de poésie, de musique, de belles dames, de jolies demoiselles, à un pauvre homme comme moi qui ne peut rien voir, ni robes blanches, ni robes roses, ni robes brunes..., rien entendre, ni conversation, ni concerts ; encore moins rien dire, lorsqu'il y aurait tant à dire !.. On m'oblige depuis plus de huit jours de garder la chambre et presque le lit. Je ne suis plus de ce monde et lui dis adieu... J'aurais voulu, pourtant, n'en prendre congé que mercredi soir, en sortant de chez vous : c'eût été bien terminer ma carrière ; mais, malheureusement, je suis forcé de donner ma démission auparavant. Mon voisin M. V... sera sans doute plus heureux. Agréez, Madame, tous mes regrets et tous mes hommages, — FÉLETZ. — » Après l'Académie française, passons à l'Université... C'est une lettre de M. le conseiller Rendu, l'austère et religieux Arnauld d'Andilly de notre époque. Si M^me de Sévigné vivait encore, je gagerais qu'il lui rappellerait le célèbre solitaire de Port-Royal-des-Champs. Il porte sur sa physionomie douce et grave l'empreinte du devoir accompli...

Voyons s'il a eu égard à ma recommandation pour cet honnête instituteur, bien digne d'intérêt ainsi que sa nombreuse famille. (M^me de Saint-Gélin parcourt rapidement la lettre. — S'interrompant.) Comme la religion s'allie dans son cœur à la bonté et à la justice !... Achevons. (Elle reprend tout haut.) « Enfin, nous sommes au terme ! Qu'importe, après tout, que la route ait été plus ou moins difficile, raboteuse, désagréable ! C'est comme pour cette autre route qu'on appelle *la vie :* une fois le but atteint, qu'importe la carrière, pourvu que la récompense se mesure au labeur. » (S'interrompant.) J'aurais parié qu'il y aurait quelque petite moralité. Tant mieux ! l'esprit de vertu, respiré au matin, soutient l'âme pendant la journée. (M^me de Saint-Gélin regardant attentivement une grande lettre sous enveloppe.) Je ne connais pas cette écriture. Ce gros papier m'a tout l'air de contenir la requête de quelque malheureux. L'hiver a été plus rude encore cette année : le blé est très-cher ; c'est le moment de songer à la charitable maxime de mon vénérable aïeul : « Souviens-toi, ma fille, que la main du pauvre est la bourse de Dieu. » Or, comme ce qu'on y met rapporte de gros intérêts, hâtons-nous d'y déposer notre offrande, en apprenant le nom et la demeure de la personne qui s'adresse à moi. (Elle ouvre la lettre et s'écrie.) Un couplet ! Ah certes, je ne me serais jamais attendue à trouver une chanson là-dedans. Comment donc ! (Elle lit.) « A notre bonne patronnesse. » Mais c'est l'honnête Ferrand, marinier, qui a épousé Thérèse, digne lauréat de M. de Montyon. Qui a pu lui dire que demain était le jour de ma fête ? que je m'appelais Nathalie ? C'est charmant!... L'hommage de la reconnaissance va jusqu'à l'âme. (Elle fredonne la chanson.)

> Pour fêter sainte Nathalie,
> Ce matin, dans mon batelet,
> J'ai banni la mélancolie.
> A l'effet d'un joyeux couplet,
> Tout mon cœur était dans l'ivresse.
> Il goûtait le parfait bonheur ;
> A fêter une patronnesse,
> Toujours c'est plaisir enchanteur.

(Souriant.) C'est vraiment fort comique, et le post-scriptum est naïf. (Elle achève de lire.) « Demain, sur les midi, je vous apporterai votre bois. » En vérité, il n'y a qu'un Paris pour la diversité de la vie et des choses. Ésaü donna à Jacob son droit d'aînesse pour un plat de lentilles ; mais moi je ne céderais pas si facilement la veille les agréables surprises qui peuvent m'être réservées pour le lendemain... Voici un petit billet tout parfumé qui se dérobait sous l'énorme lettre du marinier de la Râpée. (Décachetant la lettre.) M^me Ancelot!... (Elle parcourt des yeux.) C'est un invitation gracieuse pour mercredi : « Je serai bien heureuse si vous venez. » Cette parole est douce. Oh! quand elle veut, elle est charmante ; c'est une personne qui a beaucoup d'esprit... Et son mari, donc!... Pour moi, j'adore l'esprit, et je me rendrai à la soirée... Jetons un coup-d'œil sur les cartes de visite d'hier. (M^me de Saint-Gélin prend plusieurs cartes et lit les noms.) « M. le duc de La Rochefoucauld. »

C'est un illustre héritage, qu'un nom comme celui-là !... ancienne illustration, gloire littéraire, et qui se suit toujours... « Lamartine !... » Voilà encore un nom qui peut compter dans nos fastes ! (Jetant les cartes dans le vide-poche à mesure qu'elle les lit.) « M<sup>me</sup> la baronne de Rémont. » Je l'aime beaucoup. « M. et M<sup>me</sup> de Long-pré. » Elle est toute gracieuse, M<sup>me</sup> de Longpré. « M<sup>me</sup> de Bolly. » Comme elle reçoit ses amis avec grâce ! « M. Paul Lacroix. » Il a toujours été très-aimable pour moi. « L'administrateur de la bibliothèque Sainte-Geneviève. » Ses soirées sont charmantes ! « M. et M<sup>me</sup> Brisset. » Je regrette bien de n'avoir pas été chez moi. Quelle agréable semaine j'ai passée l'automne dernier dans leur délicieuse habitation avec l'auteur de l'*Athée* et M<sup>me</sup> de Beauregard, et.... Mais que me veut Juliette ?

## SCÈNE III.

### M<sup>me</sup> DE SAINT-GÉLIN, JULIETTE.

JULIETTE, *remettant une lettre et un petit paquet à M<sup>me</sup> de Saint-Gélin.*

On attend la réponse de Madame. Quant à ce livre, on l'a remis chez le concierge.

### M<sup>me</sup> DE SAINT-GÉLIN.

Un livre ! Ah ! quelque ouvrage nouveau, sans doute ?

JULIETTE.

L'hommage d'un auteur à Madame.

M<sup>me</sup> DE SAINT-GÉLIN.

Il arrive à propos.

JULIETTE.

Par hasard, Madame aurait-elle envie de dormir ?

M<sup>me</sup> DE SAINT-GÉLIN, *sèchement.*

Qui vous parle de dormir, mademoiselle ? Ce livre peut être fort amusant. (Elle dégage le livre de son enveloppe.)

JULIETTE.

Je suis loin d'en juger différemment. C'était parce que Madame ne lit guère que dans son lit, pour appeler le sommeil, dit-elle.

M<sup>me</sup> DE SAINT-GÉLIN, *avec exclamation.*

Ah ! Juliette les jolies gravures ! C'est le poëme de la *Mort d'Abel*, par cet excellent M. Boucharlat.

JULIETTE, *avec surprise.*

C'est donc un poëte que ce bon monsieur ? Je le croyais mathématicien.

M<sup>me</sup> DE SAINT-GÉLIN.

Lisez plutôt vous-même ce joli envoi : certainement, il est poëte.

JULIETTE *lit.*

J'ai chanté dans mes vers la triste Méhala
Et la vivacité de la belle Tyrza ;
Puis, montrant la candeur unie à la tendresse,
J'ai peint de Rébecca l'image enchanteresse ;
Mais si j'eusse connu l'aimable Saint-Gélin,
J'aurais bien embelli ces filles du Jourdain.

Mᵐᵉ DE SAINT-GÉLIN.

C'est très-gracieux ! Il me tarde de voir l'auteur pour le remercier moi-même... Je vais à présent écrire à M. de Melcy. Retournez dire au domestique d'attendre un instant ; je sonnerai.

JULIETTE.

Il suffit, madame. (Elle sort.)

Mᵐᵉ DE SAINT-GÉLIN, *seule.*

Je demeure incertaine... Que ferai-je ? répondre au billet de M. de Melcy ? Je ne sais ; je désire ne pas me brouiller avec lui, mais je ne voudrais pas non plus qu'il pût penser que je voulusse accueillir l'hommage de son cœur. Comment donc faire ? car je ne saurais consulter en cela M. de Saint-Gélin : les maris reçoivent si mal de pareilles confidences ! ils craignent toujours qu'on ne leur en dérobe la moitié. Après tout, est-ce la faute d'une femme si elle est jolie, si elle plaît, si on l'aime, si on le lui dit, si... Décidément, je ne veux pas fâcher ce pauvre M. de Melcy... Cependant ses déclarations sont tout au moins indiscrètes... Lui écrire pour le gronder, le réprimander, lui faire de la morale... (Souriant.) Allons donc! je n'ai pas le courage de lui en vouloir de ce qu'il me trouve jolie... N'importe, il le faut, et le devoir!... Écrivons donc. (Elle écrit.) « Je me suis longtemps demandé, monsieur, si je répondrais à votre inconvenant billet. Je m'y détermine enfin, pour vous engager à ne plus chercher à me rencontrer, jusqu'à ce que vous ayez triomphé de sentiments dont j'ai le droit de m'offenser. C'est dans l'intérêt seul de votre repos que je vous donne ce conseil ; car pour le mien... » (Mᵐᵉ de Saint Gélin quittant un instant la plume.) Il faut faire ici preuve de fierté, sans cela il penserait peut-être que je redoute sa vue : les hommes sont si présomptueux. (Elle achève son billet, puis le ferme.) Il sera piqué, furieux ; il me boudera, il ne remettra jamais les pieds chez moi, je gage. (Soupirant.) Il est charmant!... N'importe, j'aurai fait ce que je me devais à moi-même. (Elle sonne.)

## SCÈNE IV.

### Mᵐᵉ DE SAINT-GÉLIN, JULIETTE.

#### JULIETTE.

La voiture attend Madame.

#### Mᵐᵉ DE SAINT-GÉLIN.

Donnez ce billet à Léopold, qu'il le porte à son

adresse, et revenez vite me donner mes gants, mon chapeau... Mais allez donc.

JULIETTE, *en s'en allant.*

Vite, vite, c'est là le refrain de toutes les maîtresses ; il faudrait doubler le service, à les entendre : la journée est cependant assez longue.

Mᵐᵉ DE SAINT-GÉLIN, *seule.*

Quant au marquis, je ne lui écrirai pas ; il m'est impossible de monter à cheval, j'ai promis d'aller dîner chez ma cousine : ce jour doit être pour l'amitié. Elle est charmante, Évelina ; mais on s'ennuie chez elle à mourir : son mari est si jaloux, qu'elle ne reçoit personne. Tout bien considéré, je lui ferai dire de ne pas m'attendre, et j'irai faire ma promenade au bois de Boulogne. Mais que j'ai peu de mémoire ! et le sermon de l'abbé Lacordaire à quatre heures ! tout Paris y sera ; on ne saurait y manquer : la duchesse de Derfort quêtera pour les pauvres.

JULIETTE.

Quel chapeau désire Madame ?

Mᵐᵉ DE SAINT-GÉLIN.

Eh ! celui que vous voudrez, celui qui convient à mon négligé ; ne voyez-vous donc pas ?

JULIETTE, *à part.*

Il serait heureux pour les femmes de chambre de

pouvoir deviner les caprices ; elles seraient moins gron-
dées. (Juliette apporte un chapeau, qu'elle présente à Mᵐᵉ de Saint-
Gelin.)

Mᵐᵉ DE SAINT-GÉLIN, *le repoussant avec impatience.*

Fi ! que voulez-vous que je fasse de cela ? ce chapeau
me va à faire horreur ; il est fané, je ne saurais le remettre.

JULIETTE.

Cependant Madame ne l'a mis que deux fois.

Mᵐᵉ DE SAINT-GÉLIN.

Avec un peu d'attention, mademoiselle, vous auriez remarqué que l'autre jour, en venant me voir,
Mᵐᵉ de Valrive en portait un tout semblable ; mais les
femmes de chambre…

JULIETTE.

Je ne m'en suis pas aperçue, il est vrai, madame, et
je gage bien que, sur la tête de Madame, il paraîtra bien
différent.

Mᵐᵉ DE SAINT-GÉLIN, *prenant le chapeau et le posant sur sa tête.*

Au fait, je ne verrai personne ce matin. (En s'en allant.)
Il ne faut pas que j'oublie de passer chez Mᵐᵉ Leverd.
Décidément, je suis résolue d'avoir une coiffure nou-
velle pour l'Opéra, ce soir ; c'est une représentation à

bénéfice : il y aura beaucoup de monde, comment ne
pas y aller ?

JULIETTE, à part.

Allons, nous ne nous coucherons que demain. Vraiment, pour attirer la foule, il n'est rien de tel que de
doubler le prix des places. (M<sup>me</sup> de Saint-Gélin sort, et Juliette
avec elle. )

## DEUXIÈME PARTIE.
### Le Magasin de modes.

M<sup>me</sup> DE SAINT-GÉLIN, M<sup>me</sup> LEVERD, *plusieurs filles de boutique.*

M<sup>me</sup> DE SAINT-GÉLIN.

Bonjour, madame Leverd ; Avez-vous quelques jolies choses, quelques nouveautés à me montrer aujour-
d'hui ?

M<sup>me</sup> LEVERD.

J'ai bien l'honneur de saluer Madame, et je puis dire
avec vérité que je songeais à elle en cet instant ; demandez plutôt à ces demoiselles.

M<sup>me</sup> DE SAINT-GÉLIN, *souriant, et examinant des chapeaux.*

Eh bien, c'était un pressentiment, comme vous
voyez.

M<sup>me</sup> LEVERD, *prenant à la main un bonnet de blonde garni de fleurs.*

Admirez avec moi, madame, la fraîcheur et l'élégance de cette coiffure ; nous disions tout-à-l'heure,
avec mademoiselle Armandine, qu'elle semblait être
faite exprès pour Madame.

M<sup>me</sup> DE SAINT-GÉLIN, *regardant avec indifférence.*

Non, je préfère un réseau algérien : en avez-vous de
bien riches, bien coquets ?

M<sup>me</sup> LEVERD.

Oh ! ce ne sont pas des chiffons de magasin que nous
voudrions offrir à Madame.

M<sup>me</sup> DE SAINT-GÉLIN.

A la bonne heure ; mais il me faut pour ce soir une
coiffure nouvelle, quelque chose d'inusité.

M<sup>me</sup> LEVERD, *à sa première fille de boutique.*

Vous entendez, mademoiselle... Mais, mon Dieu,
madame, que je voudrais vous voir essayer ce joli
bonnet !

M<sup>me</sup> DE SAINT-GÉLIN.

Décidément, je ne le prendrai pas, madame Leverd.

M<sup>me</sup> LEVERD.

Ce n'est pas pour engager Madame ; mais c'est que
nous sommes si aises quand nous travaillons pour une

jolie figure : cela fait modèle ; toutes les dames en veulent ensuite, rien n'établit la vogue comme cela.

M<sup>me</sup> DE SAINT-GÉLIN, *lentement, en s'avançant devant les montres qui renferment les chapeaux.*

J'ai si peu de temps à dépenser aujourd'hui!

M<sup>me</sup> LEVERD.

Tenez, mademoiselle Armandine, pour que Madame puisse le juger, posez ce bonnet sur votre tête.

M<sup>me</sup> DE SAINT-GÉLIN , *considérant Armandine.*

En effet, il est à ravir ; ce nœud de rubans dans ces touffes de cheveux fait fort bien.

M<sup>me</sup> LEVERD, *à demi-voix.*

Il vous irait encore mieux.

M<sup>me</sup> DE SAINT-GÉLIN.

Il me prend envie de l'essayer aussi... mais je suis si pressée... (Elle ôte son chapeau.)

M<sup>me</sup> LEVERD, *après avoir placé le bonnet sur la tête de M<sup>me</sup> de Saint-Gélin.*

Je ne vous ai jamais vue si belle. Voyez donc, mesdemoiselles.

M<sup>me</sup> DE SAINT-GÉLIN, *devant une glace.*

Pas mal... Est-il bien cher, madame Leverd ?

M<sup>me</sup> LEVERD.

Madame en fixera elle-même le prix ; elle remarquera seulement qu'il y entre beaucoup de blonde, que les fleurs sont fines : ce qu'il y avait de mieux chez Nattier.

M<sup>me</sup> DE SAINT-GÉLIN, *souriant.*

Mais, dites-moi, pourrai-je, avec ce bonnet, me dispenser de mon algérienne?

M<sup>me</sup> LEVERD.

A une personne qui ne serait pas citée pour son bon goût, je répondrais : oui. Mais Madame sait mieux que moi que ce n'est pas du tout le même genre de coiffure ; et je puis assurer à Madame qu'on va lui porter ce soir des dentelles dont elle aura tout lieu d'être satisfaite.

M<sup>me</sup> DE SAINT-GÉLIN.

Soit. Je garde le bonnet, madame Leverd : on n'est pas fâchée d'être coiffée à l'air de sa figure. Adieu, il me reste à faire ce matin encore quelques visites.

M<sup>me</sup> LEVERD.

Oh ! pour les visites du matin, madame, nous avons reçu des tissus délicieux ; c'est un article nouveau, il vient de nous arriver à l'instant.

M<sup>me</sup> DE SAINT-GÉLIN.

Tant mieux ! je serai bien aise d'être la première....

Mᵐᵉ LEVELD.

Si Madame voulait prendre la peine de passer au magasin du fond.

Mᵐᵉ DE SAINT-GÉLIN.

Très-volontiers. (Elles sortent.)

### TROISIÈME PARTIE.
#### Chez Madame de Saint-Gélin.

## SCÈNE I.

### Mᵐᵉ DE SAINT-GÉLIN, JULIETTE.

Mᵐᵉ DE SAINT-GÉLIN.

Juliette, comment me trouvez-vous?

JULIETTE.

Mais... comme à l'ordinaire; Madame ne me paraît pas changée.

Mᵐᵉ DE SAINT-GÉLIN.

Comment! ne voyez-vous pas ce joli chapeau dont j'ai fait emplette à l'instant?... sa grâce, sa fraîcheur?

JULIETTE.

Madame en avait déjà tant d'autres aussi jolis que celui-ci...

M^me DE SAINT-GÉLIN, *avec impatience.*

Vous vous trompez ; je n'ai jamais rien eu d'aussi joli, et ce n'est que pour cela que je l'ai acheté.

JULIETTE.

J'oubliais de dire à Madame qu'on a apporté deux grands cartons de la part de M^me Leverd, et des étoffes nouvelles de chez MM. Delisle et Sabattier.

M^me DE SAINT-GÉLIN.

Ah! bien : ce sont des emplettes que je remettais depuis longtemps, et que j'ai faites enfin ce matin ; car je n'ai pas perdu de temps. (Un domestique annonce M. de Melcy. M^me de Saint-Gélin avec surprise.) M. de Melcy ! Il n'aura pas reçu mon billet. (A Juliette.) Vous n'avez donc pas remis ma lettre à Léopold ?

JULIETTE.

Pardon, madame, et M. de Melcy la tient encore à la main. (Juliette approche un fauteuil et sort. — M. de Melcy s'avance d'un air d'assurance.)

## SCÈNE II.

### M. DE MELCY, M<sup>me</sup> DE SAINT-GÉLIN.

M<sup>me</sup> DE SAINT-GÉLIN, *troublée.*

Monsieur.... (A part, et avec dépit.) Il rit.... quelle fatuité !

M. DE MELCY, *montrant le billet ouvert.*

Est-ce bien vous, madame, qui m'avez écrit ce matin de ne plus vous voir, de renoncer au bonheur ! (D'un ton pathétique.) Mais avez-vous bien songé à tout ce que cela avait de cruel pour moi ?

M<sup>me</sup> DE SAINT-GÉLIN, *qui s'est remise de son trouble.*

Il parait, monsieur, que l'obéissance n'est pas votre vertu de prédilection.

M. DE MELCY, *souriant.*

Obéir ! je m'en donnerais bien de garde en pareille circonstance.

M<sup>me</sup> DE SAINT-GÉLIN, *sérieusement.*

Dès-lors, c'est contracter l'engagement de ne plus m'entretenir des sentiments que...

M. DE MELCY.

Je me soumettrai, madame, à tous les sacrifices plutôt qu'à celui d'être privé de votre présence.

Mᵐᵉ DE SAINT-GÉLIN, *d'un ton de dépit.*

Je suis vraiment touchée... (A part.) Comme j'étais sa dupe !

(On annonce le marquis d'Ableville )

M. DE MELCY.

Et que faites-vous du vieux marquis, madame? Voulez-vous donner à votre salon l'aspect d'un cabinet d'antiques ?

Mᵐᵉ DE SAINT-GÉLIN.

Paix donc ! le voici.

## SCÈNE III.

Mᵐᵉ DE SAINT-GÉLIN, M. DE MELCY, LE MARQUIS D'ABLEVILLE.

Mᵐᵉ DE SAINT-GÉLIN, *se levant.*

Monsieur le marquis...

M. DE MELCY.

Marquis...

LE MARQUIS.

Vous voyez devant vous, madame, le plus humble et le plus soumis de vos esclaves.

M. DE MELCY.

Vous oubliez donc, marquis, qu'il n'y a plus d'esclaves sous un régime constitutionnel.

LE MARQUIS.

Trop heureux de porter les chaînes de la beauté.

Mᵐᵉ DE SAINT-GÉLIN, *riant.*

Je crois également qu'on ne s'enchaîne plus guère...

M. DE MELCY.

Qu'auprès de vous, madame ; c'est du moins ce que je pense partout ailleurs.

LE MARQUIS, *soupirant.*

Ah, madame ! on ne connaît plus l'amour aujourd'hui ; nous autres seuls sommes de la bonne école.

M. DE MELCY, *riant.*

Ou du moins de l'ancienne. Et faites-vous beaucoup de prosélytes parmi les jeunes femmes ?

LE MARQUIS, *piqué.*

En fait-on davantage, messieurs, en ne songeant qu'aux cigarettes parfumées, au jockey-club, aux courses au clocher ? Dans les cercles, dans les salons, avez-vous jamais un autre texte ?

M<sup>me</sup> DE SAINT-GÉLIN, *souriant.*

Il est vrai que l'amour est un peu secondaire ; mais les dames, peut-être, ne sont plus aussi exigeantes qu'autrefois.

LE MARQUIS.

Elles sont possédées de ce même esprit.

M DE MELCY, *riant.*

Vous en voulez donc bien à notre siècle ?

M<sup>me</sup> DE SAINT GÉLIN,

C'est à moi à défendre les dames.

LE MARQUIS, *du ton de la galanterie.*

Prendre le parti de la jeunesse et de la beauté, c'est soutenir votre propre cause, madame.

M. DE MELCY, *se levant.*

Le marquis rend les armes.

LE MARQUIS.

Comment résister à de tels yeux ?

M. DE MELCY, *riant, et se disposant à sortir.*

D'abord, ne comptez pas sur moi pour vous dé— fendre.

Mᵐᵉ DE SAINT-GÉLIN.

Vous nous quittez ?

M. DE MELCY.

Je crains que l'incendie du marquis ne me gagne.

## SCÈNE IV.

Mᵐᵉ DE SAINT-GÉLIN, LE MARQUIS, *ensuite* JULIETTE.

LE MARQUIS.

Il rit, il plaisante de l'amour : autrefois, c'était l'oc-
cupation sérieuse de la vie ; les dames étaient la fin des
plus nobles actions : pour elles on se battait, on se rui-
nait, et toutes les bannières portaient : Mon Dieu, mon
Roi, ma Dame.

Mᵐᵉ DE SAINT-GÉLIN.

Justement, rien ne me paraît moins galant que cette
devise.

LE MARQUIS, *avec surprise.*

Quoi ! vous voudriez ?...

Mᵐᵉ DE SAINT-GÉLIN, *souriant.*

Seulement la transposition de l'avant-dernier mot.
Je suis bien modeste.

**LE MARQUIS.**

Je sais bien, madame, que la beauté a aussi sa légiti-
mité ; cependant votre prétention me semble révolu-
tionnaire.

**M<sup>me</sup> DE SAINT-GÉLIN.**

Oh non ! mais je suis pour les réformes.

**LE MARQUIS.**

C'est de la révolution, madame ; de la révolution
toute pure.

**M<sup>me</sup> DE SAINT-GÉLIN.**

En vérité, marquis, vous m'effrayez.

**JULIETTE,** *entrant.*

John vient d'amener les chevaux de main.

**M<sup>me</sup> DE SAINT-GÉLIN.**

Qu'en dites-vous, marquis, faisons-nous notre promenade accoutumée ?

**LE MARQUIS.**

Je suis à vos ordres, madame. (Ils sortent.)

## SCÈNE V.

### JULIETTE, *seule.*

Dieu merci, me voilà libre à présent pour tout le reste du jour. Monsieur doit aller rejoindre Madame au manége, et l'emmener ensuite dîner chez M^me de Bel:e-val. Je puis bien, à mon tour, prendre un peu de bon temps et aller chez ma cousine, pourvu que je sois de retour avant la sortie de l'Opéra... Et la toilette de Madame! j'oubliais l'important... Je cours la préparer d'avance, et puis je sortirai ; il est bien juste que, quand les maîtres s'amusent, l'esclavage des domestiques cesse.

**DERNIÈRE PARTIE.**
(Onze heures du soir.) *Appartement de Madame de Saint-Gélin.*

## SCÈNE I.

### JULIETTE, BABET.

#### JULIETTE.

Ne pleurez donc pas comme cela, ma chère petite, vous me fendez le cœur.

BABET, *pleurant plus fort.*

C'est que je suis bien malheureuse, mademoiselle Juliette.

JULIETTE.

Vous devez bénir le ciel d'être dans cette maison ; madame est si bonne, si compatissante... Elle ne tardera pas à rentrer.

BABET.

Mademoiselle, si je ne vous eusse pas rencontrée, j'allais droit me jeter dans la rivière.

JULIETTE, *la regardant avec intérêt.*

C'eût été bien dommage ; et le bon Dieu, donc!.. Mais j'entends une voiture s'arrêter à la porte... c'est celle de Madame.

BABET, *recommençant à pleurer, et se jetant à genoux.*

O ciel ! ayez pitié de moi. (M^me de Saint-Gélin paraît.)

## SCÈNE II.

JULIETTE, BABET, M^me DE SAINT-GÉLIN.

M^me DE SAINT-GÉLIN, *étonnée.*

Juliette, que me veut cette jeune fille, tout en pleurs

à cette heure ? Relevez-vous, mon enfant ; expliquez-vous.

BABET, *toujours à genoux.*

Hélas ! vous voyez à vos pieds, madame, une victime de...

M^{me} DE SAINT-GÉLIN, *relevant Babet.*

Ah mon Dieu ! pauvre petite ! je comprends. Elle a tout au plus seize ans ; quel homme affreux !...

JULIETTE, *solennellement.*

Si c'était ce que pense Madame, je ne lui aurais pas montré tant d'intérêt, vraiment. Madame doit me connaître, et savoir...

M^{me} DE SAINT-GÉLIN, *vivement.*

Qu'est-ce donc ?

JULIETTE.

Toute une histoire : elle voulait se noyer.

M^{me} DE SAINT-GÉLIN.

Se noyer ! pauvre enfant, d'un froid comme celui-ci !

JULIETTE.

Elle était sans asile, je l'ai amenée ici ; Madame a si bon cœur...

M^{me} DE SAINT-GÉLIN.

Vous avez très-bien fait, Juliette ; mettez-moi mes

papillotes, je veux que pendant ce temps elle me raconte elle-même son aventure. Voyons, ouvrez-moi
votre cœur, ma chère enfant.

BABET, *en sanglotant.*

Je... je...

Mᵐᵉ DE SAINT-GÉLIN.

Votre nom? comment vous appelez-vous?

BABET.

Je...

Mᵐᵉ DE SAINT-GÉLIN, *l'interrompant toujours.*

Quel pays?.. Mais prenez garde, Juliette; vous allez
faire tomber mon éventail. Continuez, ma chère petite;
on vous nomme...

BABET, *faisant la révérence.*

Babet, pour vous servir, madame.

Mᵐᵉ DE SAINT-GÉLIN.

Babet! cela vient d'Élisabeth. Je me sens déjà tout
attendrie.

BABET.

Je suis née dans un petit village de la Champagne,
où mon pauvre père avait un état qui nous faisait tous
vivre, ma mère, mes quatre frères, ma sœur et moi, qui
suis l'aînée, hélas! Le pauvre homme, à force de tra-

vail, est tombé malade et ne s'est pas relevé. (Babet recommence à pleurer.)

Mᵐᵉ DE SAINT-GÉLIN.

Je conçois sa douleur; pauvre orpheline! Mais comment êtes-vous à Paris ainsi seule, abandonnée dans
une grande ville, exposée à tant de séductions?

BABET.

J'avais eu seize ans à la moisson. Ma mère me dit
comme ça : « Babet, te voilà en âge de gagner ta vie ;
nous avons deux cousines à Paris, elles viennent de
m'écrire, elles te trouveront une bonne place. Pars, va
les trouver ; embrasse ta mère, et souviens-toi toujours d'être honnête fille, le bon Dieu ne t'abandonnera
pas. »

Mᵐᵉ DE SAINT-GÉLIN.

Et les deux cousines, où sont-elles? Comment se
fait-il que vous soyez ainsi seule, abandonnée?

JULIETTE.

Patience, madame...

Mᵐᵉ DE SAINT-GÉLIN, avec humeur.

Patience! patience! quand vous me tirez les cheveux! Vous êtes d'une maladresse!... (A Babet, avec douceur.) Eh bien, Babet?...

BABET.

Une de mes cousines est marchande à la toilette dans

une rue près de la maison où loge le Roi ; l'autre est épicière au faubourg Saint-Germain, près de l'église. V'là que j'arrive d'abord chez la première, qui me dit : « Babet, ta mère t'envoie chez moi, j'aurai bien soin de toi ; mais faut que tu me promettes de ne pas aller chez l'épicière ; c'est une bigote, une bavarde, qui veut se mêler de tout. Nous sommes brouillées ; donne-moi la lettre qui est pour elle, je la lui ferai remettre. Quant à toi, mon enfant, je t'ai trouvé une place excellente chez un monsieur riche... peu d'ouvrage, et de fort gros gages. »

JULIETTE.

Voyez, madame, la malice du diable.

Mᵐᵉ DE SAINT-GÉLIN, *avec un intérêt curieux.*

Eh bien, fûtes-vous vous présenter chez ce monsieur, ma chère ? que vous dit-il ?

BABET.

D'abord ma cousine devait m'y conduire elle-même, lorsqu'une grande dame qui joue au spectacle l'envoya chercher pour lui vendre des cachemires ; et elle me donna l'adresse du monsieur pour y aller moi toute seule.

Mᵐᵉ DE SAINT-GÉLIN.

Son adresse... voyons-la.

**BABET.**

Je l'ai perdue, madame; mais c'est au second, dans une grande rue.

M<sup>me</sup> DE SAINT-GÉLIN, *souriant.*

Voilà une désignation bien précise !

**BABET.**

V'là, comme je montais chez lui, qu'une dame me demande où j'allais, elle me dit qu'elle logeait dans la maison, et qu'elle connaissait tout le monde.

**JULIETTE.**

Ce fut votre bon ange qui vous envoya cette dame.

M<sup>me</sup> DE SAINT-GÉLIN.

Paix donc, Juliette ! vous l'interrompez au plus in— téressant de son récit. Continuez, Babet.

**BABET.**

Je lui montrai l'adresse, madame. Dès qu'elle l'eut regardée, elle me dit qu'il m'arriverait malheur si j'en— trais chez ce monsieur; car plusieurs jeunes filles en étaient sorties en pleurant, sans jamais vouloir dire à personne ce qu'elles avaient à pleurer, et qu'on en ja— sait beaucoup dans le quartier. Alors, comme je répon— dis à cette dame que ma cousine la revendeuse me gronderait si je ne lui obéissais pas, elle me conseilla d'aller chez l'épicière ; (pleurant) justement celle qui m'a renvoyée ce soir de chez elle.

Mᵐᵉ DE SAINT-GÉLIN.

Comment! votre cousine l'épicière, celle qui est si dévote?

BABET, *pleurant toujours*.

Oui ; elle voulait me faire religieuse.

JULIETTE.

Au moins c'est décent, cela.

BABET, *s'essuyant les yeux*.

Mais je n'ai point de vocation, mademoiselle.

Mᵐᵉ DE SAINT-GÉLIN.

Pauvre petite ! au bord d'un précipice ou d'un couvent ! Sa situation m'intéresse vivement.

BABET, *en sanglotant*.

J'en mourrai.

Mᵐᵉ DE SAINT-GÉLIN.

Non, vous n'en mourrez point; j'aurai soin de vous. Demain j'écrirai à votre mère.

BABET, *lui baisant la main*.

Ah, madame! que ne vous devrai-je pas !

3

Mᵐᵉ DE SAINT-GÉLIN.

Voilà pourtant ce que produisent les extrêmes : le désespoir et la mort! Allons, Juliette, je vous la recommande; vous lui ferez préparer un lit dans votre chambre. Je la prends à mon service; elle aidera Victoire à la lingerie.

JULIETTE, *avec dépit.*

Tous les profits pour Victoire... et moi donc qui l'ai empêchée de se noyer?

BABET, *vivement.*

Ah! ne soyez pas fâchée, mamselle Juliette; je vous servirai, vous aussi, de bien bon cœur.

JULIETTE.

A la bonne heure. (A part.) L'ouvrage ne lui manquera pas.

Mᵐᵉ DE SAINT-GÉLIN.

Une heure sonne; allons, il est temps que chacun aille goûter du repos. Voilà, j'espère, une journée bien remplie. Juliette, emmenez Babet, et qu'un sommeil tranquille répare le trouble de ses précédentes nuits. (Seule.) Pour moi, je fermerai bientôt l'œil, car je me suis fatiguée en faisant galoper mon cheval au bois de Boulogne; j'ai fait des emplettes charmantes que mon

mari a critiquées, c'est dans l'ordre ; j'ai bâillé à l'O-
péra ; mais...

« J'ai fait un peu de bien, c'est mon meilleur ouvrage. »

Je vais dormir d'un sommeil paisible, oh ! oui, la
bienfaisance est un doux oreiller.

# UNE SEMAINE

## A PARIS.

Louis Lassalle del.                                      Imp par A Godard.

Anne d'Autriche surprenant le poete Voiture dans sa rêverie

# UNE SEMAINE

## A PARIS.

## DIMANCHE

### UN DÉJEUNER RUE DE VARENNES.

— ◦◦❖◦◦ —

Qu'elle était à-la-fois touchante et gracieuse, la matinée que nous avons passée, la veille de la Saint–Louis, chez l'auteur de la *Physiologie des Passions*, l'aimable baron, le spirituel, l'excellent M. Alibert !

La réunion de ce jour–là avait lieu à l'occasion de sa fête ; il semblait qu'une baguette magique eût créé en peu d'instants un frais et délicieux parterre composé des plus belles fleurs : une haie de lauriers-roses, d'orangers aux blancs fleurons embaumés, d'arbustes aux feuilles étrangères, entremêlés de fleurs d'immortelles, qui étaient là dans leur véritable patrie, formait le seul passage ouvert pour arriver jusqu'à celui à qui on venait de présenter toutes ces offrandes.

A la vue de tant d'hommages rendus à son talent comme à son cœur, l'affabilité du bon docteur semblait avoir redoublé. Combien, en effet, l'expression de pareils vœux devait-elle avoir de charmes pour lui ! celle surtout de la reconnaissance apportant son simple bouquet de fête au bienfaiteur de l'humanité !

Un grand nombre de villageoises, en habits des dimanches, des hommes de la campagne qui les suivaient, des enfants récitant des fables en croyant réciter un compliment, ce qui n'arrive pas toujours dans le monde, où l'on fait plus d'un compliment qu'on sait fort bien n'être qu'une fable; de jolies femmes de la société la plus élégante et la plus distinguée de Paris, des célébrités en tous genres, talents, arts, sciences, rang, fortune, se trouvaient réunis dans le salon des tableaux, musée dont chaque objet était un titre de bienfaisance ou de gloire.

L'aspect de cette piquante assemblée avait pour l'esprit et pour le cœur quelque chose de pittoresque et d'attendrissant. Des médecins, élèves du docte professeur, étaient aussi venus à cette fête honorer leur maître, qui, de son côté, se plaisait à entrevoir dans l'avenir une moisson de gloire et de bonheur pour de jeunes talents dont il avait guidé les premiers pas.

On annonça le déjeuner.

Autour d'une table, servie avec autant de recherche que de goût, le hasard, disons plutôt le choix des convives, présida à l'arrangement des places. A côté du Sophocle français, à qui la scène tragique est redevable de *Saül*, de *Clytemnestre*, d'*Élisabeth de France*, était assise M¹¹ᵉ Duchesnois, et l'on pouvait ainsi contempler d'un même regard ces deux talents qui ont prêté à leur mutuelle illustration de si puissants secours.

C'était la première fois que je voyais M<sup>lle</sup> Duchesnois dans le monde. Son accent calme et doux me rappela ses ravissantes intonations d'amour lorsque sa voix servait d'interprète à la passion d'Inès de Castro ; je pensais ensuite à ce mélange de tendresse et d'ambition, quand la fière et passionnée Marie Stuart raconte à Anna le triomphe qu'elle croit avoir remporté sur le cœur de Leicester, devant sa rivale couronnée :

ANNA.

O malheureux transport ! ô victoire fatale !
Elle est reine, et peut tout dans son ressentiment.
Vous l'avez outragée aux yeux de son amant.

MARIE.

Oui, devant Leicester ; il doublait mon courage.
Je lisais mon triomphe écrit sur son visage.
Oui, quand j'humiliais des charmes orgueilleux,
Leicester était là : j'étais reine à ses yeux.

La présence de M<sup>lle</sup> Duchesnois ranimait agréablement en moi le souvenir d'une scène d'enthousiasme qu'elle avait fait naître dans une ville de province où j'assistais à une représentation de *Jeanne d'Arc,* au moment où l'amazone inspirée s'avance , les mains chargées de fers par les Anglais. Cette situation, l'indignation qu'elle inspirait , agitaient d'une même émotion tous les spectateurs ; le bruit des chaînes qui résonnaient à chaque geste de l'artiste, ajoutait encore à l'illusion. Soudain la prisonnière lève les yeux ; l'étendard victorieux des Anglais flotte au loin arboré sur le sommet des tours ; elle s'écrie, en pensant à la France et à son roi :

J'aperçois leurs drapeaux, et je suis dans les fers !

Au mouvement qu'elle fit en prononçant ces paroles, un des anneaux de sa chaîne se brisa. Alors, avec un de ces élans patriotiques, seul sentiment en France qui ait survécu aux révolutions, le public manifesta par une triple salve d'applaudissements l'admiration qu'il ressentait pour la célèbre tragédienne dont il venait de partager la noble sensation... Mais revenons au déjeuner.

J'écoutais, je regardais, je pensais ; j'éprouvais l'influence du génie de la poésie, qui semblait remplir l'air autour de moi ; je le respirais. Habitué à la langue des oiseaux dont les volières l'entouraient :

—Qu'est devenu votre doux gazouillement, madame ? me demanda en souriant M. Alibert.

—L'admiration me rend muette, docteur, et je gagne trop à écouter pour pouvoir parler.

C'était pour mieux jouir que je me taisais : il y avait une sorte d'égoïsme à moi à ne faire aucun frais de conversation ; mais on pourra pardonner cet égoïsme, qui, assure-t-on, n'est pas contagieux.

Le Théâtre-Français devint le sujet de la conversa-

tion ; M<sup>lle</sup> Duchesnois en parlait avec feu : elle était
enthousiaste de son art. Elle paraissait douloureu-
sement affectée en pensant à cette Comédie-fran-
çaise, autrefois si florissante, et qui conserve à peine
quelques vestiges de son ancienne splendeur.

—Mon cœur en est déchiré ! disait-elle.

Le ton avec lequel elle prononça ces mots paraissait
l'expression d'une souffrance morale.

—On croirait, à vous entendre, madame, lui répon-
dis-je, que votre âme éprouve l'effet du chagrin causé
par une passion trahie.

—C'est bien cela, reprit M<sup>lle</sup> Duchesnois, en souriant ; oui, c'est une passion malheureuse.

De continuelles visites se succédaient dans le salon
des tableaux ; à tout moment les domestiques venaient
faire au docteur l'annonce de divers noms ; celui-ci
quittait le déjeuner pour aller recevoir ces tributs de
nouvelles félicitations, et revenait ensuite reprendre à
table la place qu'il y occupait. Une fois il entra en donnant le bras à M<sup>me</sup> Desbordes Valmore. On doit penser
le plaisir que nous eûmes à cette apparition. Cette
dame était en grand deuil, et sa parure funèbre idéali-
sait à nos yeux ce mélancolique et doux poëte ; elle
nous rappelait ces vers de Boileau :

> La plaintive Élégie, en longs habits de deuil,
> Sait, les cheveux épars, gémir sur un cercueil.

Ses vêtements n'étaient pas seulement un emblème poétique, elle portait le deuil de son père, et il y avait des

larmes dans le sourire qu'elle m'adressa. Pressée par les instances du bon docteur, qui l'engageait à prendre du café, son acceptation fut suivie de l'éloge des qualités inspiratrices de ce breuvage si vanté par Voltaire. J'étais à côté de M. Alibert qu'on appela en cet instant; je m'empressai de verser le café dans la tasse de madame Valmore.

—Merci, dit-elle; ce café sera doux : c'est pour moi une caresse du sort, et je ne les refuse jamais.

Après le déjeuner on passa dans le grand salon. Le baron nous désigna parmi les dames une descendante de Racine.

—Racine! répéta-t-on avec une admiration classique; nous croyions que les partisans de cette école étaient en majorité dans le salon.

M^me d'Altenheym (Gabrielle Soumet), jeune et digne héritière du glorieux nom qu'elle porte, avait fait pour cette fête des vers que nous sommes heureux de pouvoir citer :

### A M. ALIBERT

#### LE JOUR DE SA FÊTE.

Tu marches entouré des heureux que tu fais.
Un orage, des rois peut briser la couronne,
  Mais toi... ta tête s'environne
  D'une auréole de bienfaits;
  Ton cœur, digne et constant modèle,
Au malheur exilé s'enchaîne noblement.
Saint-Louis ton patron, du haut du firmament,
A ses enfants proscrits te retrouve fidèle.

Avec des mots doux comme un chant
Contre les passions tu protéges notre âme ;
   Ton éloquence est une flamme
   Qui les épure en les touchant.
Tout un peuple d'oiseaux, comme aux siècles antiques,
Disperse autour de toi des accents prophétiques,
   Des oracles mélodieux ;
   Et l'on dirait que ton génie
   A puisé dans leur harmonie
Les concerts confiés à la garde des Dieux.


M<sup>lle</sup> Élisa Mercœur, si connue dans le monde littéraire par son talent poétique, parut un instant dans le salon. Elle n'apportait point l'hommage de ses inspirations.

—Comment pourrais-je chanter? dit-elle, ma mère est malade ; j'ai suspendu ma lyre.

Des étrangers de distinction étaient également présents à cette charmante matinée ; elle se termina par une cantate en l'honneur de l'amphitryon, avec un accompagnement en chœur auquel tout le monde prit une part active par de nombreux applaudissements.

# LUNDI

## LA PARTIE DE CAMPAGNE.

Madame la comtesse de P... nous avait engagés
plusieurs fois à visiter sa petite retraite de Nanterre.
Le jour fixé, on déjeuna chez M<sup>me</sup> de M..., ou, si
on l'aime mieux, on y dîna comme au temps de Jacob,
c'est-à-dire avant que le soleil fût à la moitié de sa
course, sauf que le repas était moins patriarcal. La
voiture du baron Alibert et un landau suffirent pour
transporter la petite caravane. Et ce qui n'arrive pas
toujours dans ces sortes de rendez-vous, chacun fut
exact; cependant l'on arriva tard chez la comtesse,
peut-être pour ne pas déroger entièrement à l'habitude
ordinaire dans les parties de campagne. Dès que
nous fûmes entrés dans le salon, la maîtresse de la
maison nous désigna l'heure que marquait la pendule :

on se retrancha sur ce qu'il valait encore mieux la compter pour l'arrivée que pour le départ.

Afin d'employer le temps qui restait pour la promenade, on commença à en perdre beaucoup, selon l'usage, à délibérer vers quel point on se dirigerait.

—A Marly, dit une voix douce de jeune fille ; les hauteurs semblent rapprocher du ciel ; le coucher du soleil est magnifique, vu de la cime de la montagne.

—Nous passerons devant le pavillon où Gabrielle d'Estrées attendait Henri IV, reprit une des jeunes dames. Comme son cœur devait battre lorsque son royal amant s'approchait du balcon, qu'elle entendait piaffer le cheval intelligent, qui semblait comprendre, en donnant ce signal, l'impatience de son maître !

—Ma chère enfant, ceci est du roman tout pur, dit une voix grave.

—Un roman, monsieur ! c'est bien de l'histoire ; et le balcon et le pavillon existent encore.

—C'est possible ; mais il n'en est pas de même pour l'étonnante machine à cent bras ; elle n'a pas été épargnée dans la destruction générale.

—Qu'est-ce que cela prouve, monsieur, sinon le progrès de la civilisation, qui a remplacé, par le mécanisme simplifié de la pompe à feu, d'immenses rouages dont l'entretien coûtait des sommes considérables ?

—N'est-ce pas dans les environs de Marly, demanda un magistrat, que l'on voit Luciennes, habitation de madame Dubarry ? de la seule femme en France qui ait pâli en allant à l'échafaud, à une époque où il était honorable d'y monter ?

—Vous entendez, monsieur le baron, ceci tient encore à l'histoire.

—A la bonne heure ; mais il faut gravir la montagne. Je suis d'avis plutôt que nous allions voir le tombeau de l'impératrice Joséphine.

—Un tombeau ! répliqua avec un accent de tristesse une des personnes de la société, en habits de deuil ; vous me permettrez de ne pas vous accompagner ; j'irai durant ce temps invoquer la patronne de Paris, l'humble sainte à la houlette.

—Nous séparer ! non certes, dit la vicomtesse de L... Choisissons pour but de promenade le château du maréchal Masséna ; le parc a des allées délicieuses.

—De plus, ajouta sa sœur, il y a une pièce d'eau sur laquelle nous pourrons aller en bateau. Cette dernière proposition fut acceptée.

Moins de vingt minutes s'étaient écoulées, et nous descendions à la grille du parc. On se mit aussitôt à parcourir ce séjour si peuplé de souvenirs historiques ; ce château, bâti par Richelieu, ces beaux marronniers sous lesquels l'imagination croit voir errer les ombres d'Anne d'Autriche, du cardinal, de l'amoureux Buckingham, du poëte Voiture, de l'apôtre de la Charité, Vincent de Paul, et de Louis XIV enfant. On y admire encore une belle grotte de rocailles entremêlées de coquillages aux couleurs d'arc-en-ciel ; mais pour les descriptions, soit modestie, soit amour-propre, nous reproduirons la lettre qu'un membre de l'Institut nous a adressée, dans laquelle il exprime avec tant d'élégance la poésie des jardins de Ruel.

Nous ajouterons à ce récit quelques détails que la gravité du magistrat, lui aura sans doute fait omettre : la manière pleine de courtoisie avec laquelle, détachant l'élégante nacelle enchaînée sur le bord de la pièce d'eau, et encourageant les plus timides à s'abandonner au dangereux élément, l'académicien prit la rame, et nous fit côtoyer, de la manière la plus romantique, la prairie verdoyante et fleurie qui entoure l'étang. Par un sentiment de prudence, quelques personnes étaient restées sur le rivage ; l'une d'elles improvisa ce couplet :

Ah ! tandis que dans ce bateau
Vous voguez vers une autre rive,
Moi je demeure au bord de l'eau,
Mais votre bateau m'y captive.
Je fuis un perfide élément ;
Mais, las ! est-on mieux sur la terre
Avec l'écueil du mouvement
Et le faible esquif doctrinaire ?

Le docteur Alibert fut du parti de la prudence :

—C'est pour vous, mes chers enfants, nous dit-il après que nous fûmes descendus de la barque, que je suis resté à terre ; s'il vous était arrivé un accident, j'étais là pour vous empêcher de mourir... j'aurais crié au secours, et je répondais de vous, fussiez-vous asphyxiés.

A chaque occasion de périls les médecins ont quelques anecdotes à raconter, et lorsqu'ils sont parvenus à la célébrité de M. Alibert, leurs récits acquièrent un intérêt qui se rattache au nom du narrateur. « Une jeune dame que l'on venait de retirer de la Seine, dit le baron, me gagna la confiance des femmes, lorsque je n'étais encore qu'à mon début dans la carrière que j'ai embrassée. En voyant l'état de la jeune dame, on la crut morte ; elle paraissait abandonnée. Je m'y intéressai, et m'attachai à elle pour la sauver. Je lui fis souffler de l'air dans la bouche, afin de remettre les poumons en action ; et après beaucoup d'essais que l'on commençait à juger inutiles, elle soupira, puis tout-à-coup elle ouvrit de grands yeux, et, se jetant à mon cou, je pensai qu'elle allait m'étouffer.

—Sans doute elle avait du regret d'être rendue à la vie, interrompit la comtesse de P...

—Au contraire, madame : c'était le vif élan de sa reconnaissance. Durant quelques minutes, continua le docteur, on la crut folle, par la joie qui l'animait ; bientôt une abondance de larmes suivit ce mouvement d'exaltation. Nous l'engageâmes à prendre du repos ; et dans la soirée, se trouvant presque entièrement guérie, elle me raconta les cruelles angoisses que la privation d'air fait éprouver au fond de l'eau. Ce joli revenant me confia aussi qu'un désespoir d'amour l'avait entraînée à cet acte de délire.

. . . . . . . . . . . . . . . . . .

« Elle me pria de consentir à être le parrain de l'enfant dont elle allait devenir mère. Je pris cet engagement, ajouta M. Alibert, à condition que, si c'était un fils, il porterait le nom de Moïse. Quelques mois après

cet événement, je reçus un faire-part de M. et M<sup>me</sup> de***.
Plusieurs lignes, tracées de la main de la jeune malade,
exprimaient le bonheur d'une douce union, et me rap-
pelaient la promesse que j'avais contractée envers elle.

« Il y a environ quatre ou cinq ans, continua le docteur, qu'un matin, étant renfermé dans mon cabinet de
consultations, j'entendis frapper doucement à ma porte;
sur ma demande, une voix d'adolescent répondit :
C'est moi, mon parrain, c'est Moïse. La clef tourna, et
en même temps un jeune aspirant de marine s'avança.
Précisément il arrivait d'Angoulême, madame, dit le
baron en souriant et en s'adressant à une dame de ce
pays-là, fort attentive à ce petit récit.

—D'Angoulême! reprit-on; est-ce que c'est un port
de mer? — Mais à peu près comme les tours Notre-
Dame, répliqua quelqu'un de la société. »

Le lendemain de cette agréable matinée, je reçus
une lettre accompagnée de vers inédits de Voiture à la
reine Anne d'Autriche. Il m'a semblé que cette relation
était le complément de notre promenade anecdotique,
et qu'elle serait accueillie avec plaisir; elle entre d'ailleurs dans le cadre du *Miroir des salons*, qui doit réflé-
chir et faire passer sous vos yeux, mon cher lecteur,
les tableaux et les scènes de la société telle qu'elle est,
avec cet ensemble d'harmonie qui règne toujours dans
une réunion d'hommes instruits et spirituels, et de femmes aimables et gracieuses, comme celles avec qui je
viens de vous faire faire connaissance. La *lettre sur Ruel*
vous retiendra encore quelques instants auprès de
cette bonne compagnie, où sont réunis la politesse, le

bon goût et l'élégance, et que je tiens à vous faire
aimer.

## VERS INÉDITS DE VOITURE A LA REINE ANNE D'AUTRICHE,
### Envoyés à l'auteur du *Miroir des salons*.

« Madame,

« Notre promenade de Nanterre et de Ruel me lais-
sera de longs souvenirs. Qu'elle était choisie cette réunion, composée de l'aimable et savant docteur Alibert,
qui, non content de soulager nos souffrances physiques,
nous fait encore apercevoir jusqu'aux moindres nuances des affections de l'âme, et les décrit à grands traits
en profond moraliste ; de la douce et gracieuse vicomtesse et de sa charmante sœur, qui nous ont reçus avec
tant de grâce et d'aménité ; de cette agréable et jolie
personne, heureux mélange de naturel et d'exaltation,
d'abandon et d'élégance, si vive et si fine, si spirituelle
et si judicieuse, qui, sans avoir l'air d'y songer, observe
les singularités et les ridicules, et peint avec tant de
vérité les traits caractéristiques de la société contemporaine ; de cette jeune Muse qui, dans la *Vision*, nous
entr'ouvre le ciel, s'entretient avec les séraphins, dont
le langage semble lui être familier, prête des accents
si touchants à la vierge de Nanterre, et, tout-à-coup
transportée dans l'Olympe, chante Sapho et son délire,
et exprime avec tant de sublimité une passion que son

âme pure a pour ainsi dire divinisée. Non, je n'oublie-
rai jamais cette journée du 19 septembre.

« Permettez-moi cependant, madame, de m'excuser
près de vous d'avoir été plusieurs fois distrait de cette
société vivante, qui à elle seule vaut tous les morts, par
l'attrait irrésistible qui me porte à interroger les lieux,
à leur demander ce qu'ils étaient, ce qu'ils ont vu, quels
secrets leur furent confiés. Nous étions dans l'ancien
parc de Ruel; nous voyions encore debout plusieurs
rangées de ces arbres majestueux, plantés il y a deux
cents ans par le cardinal-ministre, tous marqués aujourd'hui pour être abattus. Le plus grand nombre de
ces beaux marronniers est déjà tombé, le reste va les
suivre : le château, bâti par Richelieu, habité depuis
par Louis XIV enfant et par Anne d'Autriche, va dispa-
raître sous le marteau dévastateur; la grotte de rocailles,
épargnée par le temps, aura le même sort : tout sera
rasé, détruit, divisé, et bientôt on cherchera vainement
les traces d'un lieu où d'aussi vastes destinées s'accom-
plirent.

« Ces souvenirs, auxquels je cherchais à me soustraire pour m'occuper des personnes que j'avais l'honneur d'accompagner, rappelèrent à ma pensée Voiture
et les vers faciles qu'Anne d'Autriche lui inspira. Cette
princesse ayant rencontré le poëte sous les ombrages
de Ruel, et le voyant plongé dans une rêverie profonde,
lui demanda à quoi il pensait. Peu de moments après,
Voiture remit à la reine les vers suivants :

Je pensois que la Destinée,
Après tant d'injustes malheurs,
Vous a justement couronnée
De gloire, d'éclat et d'honneurs :
Mais que vous étiez plus heureuse
Lorsqu'on vous voyoit autrefois,
Je ne veux pas dire amoureuse,
La rime le veut toutefois.

   Je pensois que ce pauvre Amour,
Qui vous prêta jadis ses armes,
Est banni loin de votre cour,
Lui, son arc, ses traits et ses charmes;
Et ce que je puis profiter,
En passant près de vous ma vie,
Si vous pouvez si mal traiter
Un qui vous a si bien servie.
Je pensois, car nous autres poètes
Nous pensons extravagamment,
Ce que dans l'état où vous êtes
Vous feriez, si dans ce moment
Vous avisiez en cette place
Venir le duc de Buckingham,
Et lequel seroit en disgrâce
De lui ou du Père Vincent [1].


Je pensois que si le cardinal,
J'entends celui de La Valette,
Pouvoit voir l'éclat sans égal
Dans lequel maintenant vous êtes;
J'entends celui de la beauté,
Car auprès je n'estime guère,

---

[1] Vincent de Paul, confesseur de la reine.

Cela soit dit sans vous déplaire,
Tout celui de la majesté ;
Que tant de charmes et d'appas,
Qui naissent partout sous vos pas,
Et vous accompagnent sans cesse,
Le feroient pour vous soupirer ;
Et que madame la princesse [1]
Auroit beau s'en désespérer.

Je pensois à la plus aimable
Qui fut jamais dessous les cieux :
A l'âme la plus admirable
Que jamais formèrent les Dieux ;
A la ravissante merveille
D'une bouche ici sans pareille,
La plus belle qui fut jamais ;
A deux pieds gentils et bien faits,
Où le temple d'Amour se fonde ;
A deux incomparables mains,
A qui le Ciel et les Destins
Ont promis l'empire du monde,
A cent appas, à cent attraits,
A dix mille charmes secrets ;
A deux beaux yeux remplis de flamme,
Qui rangent tout dessous leurs lois,
Devinez sur cela, madame,
Et dites à qui je pensois.

« Ces vers, pleins de naturel, me semblent supérieurs à toutes les autres poésies de Voiture. M^{me} de

---

[1] Charlotte de Montmorency, princesse de Condé, morte en 1650. Le cardinal de La Valette passait pour être son admirateur.

Motteville, qui tenait cette pièce de la reine, en a inséré trois stances dans ses Mémoires. Elle aura cru devoir retrancher ce qui portait une teinte de galanterie un peu trop prononcée. Il y a déjà des années qu'en furetant j'ai retrouvé la pièce entière à la bibliothèque de l'Arsenal, dans un manuscrit qui vient de la marquise d'Huxelles. J'en possède une autre copie de la main de Tallemant des Réaux, dont les révélations souvent trop légères ont obtenu un succès si marqué. Ce collecteur d'anecdotes nous apprend qu'au moment où Pinchesne, neveu de Voiture et son éditeur, présenta les œuvres de son oncle à la reine, cette princesse les parcourut rapidement, paraissant craindre d'y rencontrer les vers que vous venez de lire. Une publication indiscrète aurait peut-être fait supprimer l'édition, et les bibliophiles auraient compté un livre rare de plus.

« J'ai pensé, madame, que vous liriez avec quelque intérêt cette petite pièce rétablie dans son intégrité. J'éprouve d'ailleurs le besoin de vous communiquer l'impression que la promenade de Ruel a produite en moi, et que peut-être vous aurez partagée.

« Je mets à vos pieds, madame, le tribut, d'hommage, d'admiration et de respect qui vous est dû à tant de titres. »

MONMERQUÉ,

Membre de l'Institut.

Paris, ce mardi 22 septembre.

# MARDI

## LES COURSES DE CHEVAUX.

—Comment, ma chère! vous n'êtes pas encore prête à partir? la calèche doit venir nous prendre à midi précis; vous n'avez plus que cinq minutes. — Mon Dieu! que vous êtes vive! j'avais cru qu'il fallait renoncer à notre partie; le temps... — Le temps est magnifique et semble fait à souhait : ce matin un peu de pluie pour abattre la poussière, à présent un beau soleil. — Je comprends : vous serez intervenue entre le ciel et la terre, et votre voix est une harmonie céleste. — Non, non, je vous assure; je n'y suis pour aucun frais de prières; mais dépêchez-vous de mettre votre chapeau; la réunion sera brillante : c'est aujourd'hui que se distribue le prix du Roi et celui du duc d'Orléans... Bientôt nous étions en voiture... — Quel coup d'œil magnifique que la vaste plaine du Champ-de-Mars, entourée de pavillons, où se presse cette population im-

mense! —Que serait-ce, madame, si, comme moi, vous
aviez assisté à ces grandes solennités religieuses ou pro-
fanes qui se sont accomplies dans cette enceinte; ces
élégantes courses de chars, nous retraçant celles des
jeux olympiques; les revues militaires de Napoléon;
la touchante bénédiction des étendards sous lesquels
nos braves ont marché à tant de gloire? Ce sont d'historiques souvenirs que vous êtes trop jeune pour
avoir... et cette excuse en vaut bien une autre, croyez-
moi. — C'est-à-dire, monsieur, pour une femme; car
pour les hommes...

—Voyons, Rosa, me dit Gabrielle, formons des paris.

—Je le veux bien; mais lisons d'abord le pro-
gramme.

—Les chevaux de lord Seymour sont le plus souvent victorieux.

—Je parie pour Wina.

—Je gagerais pour Ernest.

—Pour Ernest! Ah! madame! prenez-y garde; il
me semble que vous avez une prédilection pour ce
nom-là.

—Quelle folie!

—C'est tout de bon que j'en fais la remarque.

—Eh bien! au hasard prenons les couleurs : je choisis la veste orange et la toque de velours noir. Et vous,
Gabrielle?

—Moi, je vais faire des vœux pour la veste bleu-de-
ciel et la toque à la plume blanche.

—Soit...

—Mais n'est-ce pas M^me de S.-S.? dit une voix

harmonieuse, Monsieur Soumet lui donne le bras.

En nous entendant ainsi nommer, nous tournâmes la tête, et nous aperçûmes la célèbre M<sup>lle</sup> Duchesnois. Elle prit part à nos gageures… S'imaginant, dès le premier tour du jockei orange, qui fut surpassé par le jockei bleu, qu'elle venait de perdre, M<sup>lle</sup> Duchesnois mettait déjà à notre choix le jour de la soirée où l'on devait prendre les glaces, objet du pari. Rien ne porte bonheur comme de croire avoir perdu. En effet, la livrée orange avait usé de ruse en se laissant devancer d'abord par son concurrent. Ce dernier l'emporta aux deux autres tours, et il en fallait trois pour mériter le prix.

A quatre heures, les promeneurs abandonnèrent le Champ-de-Mars : il restait deux heures encore avant le dîner. La plupart des voitures et les fashionables à cheval se dirigèrent vers le bois de Boulogne. Nous suivîmes cet exemple, bien plus pour prolonger le plaisir de la journée que par une froide imitation. Notre promenade fut délicieuse ; la plus douce gaîté régnait au milieu de nous ; tous les cœurs étaient d'accord : nous croyons même qu'il y en avait qui se répondaient.

On choisit les routes les plus ombragées ; on parcourut deux fois l'*Allée-Fortunée* ; c'était en courant rapidement qu'on descendait le *Puits-d'Amour*, qu'on le remontait ensuite en s'attachant aux fragiles arbrisseaux qui croissent sur son penchant ; et, quand le frêle soutien venait à se rompre, ce qui occasionnait toujours quelques pas en arrière, les rires redoublaient à l'aspect de la physionomie déconcertée que donnait ce léger accident au promeneur trop confiant.

M. Soumet avait mis à notre disposition pour la soirée une loge à la Porte-Saint-Martin : c'était à ce théâtre
la reprise de *Norma*. Cette tragédie, jouée à l'Odéon
pour la première fois, obtint de nouveau le succès le
plus éclatant. Nous étions avec l'auteur dans une même
loge, et on aurait dit que les applaudissements reten-
tissaient bien plus encore dans le cœur de ses amis que
dans le sien.

Plusieurs événements servirent à animer la soirée.
Mᴵᴵᵉ Georges, transportée de toute la fureur de la jalouse
prêtresse, se blessa avec le poignard qu'elle destinait à
ôter la vie à ses enfants ; la lampe que Clotilde avait
placée sur la table mit le feu au tapis qui la recouvrait,
et le parterre de s'écrier *au meurtre* et *à l'incendie !*
Irminsul, touché de ces clameurs, étendit le rameau
de la forêt sacrée ; le feu s'éteignit, mais la druidesse
ne s'apaisa pas : les flammes de la jalousie résistèrent
au pouvoir du dieu.

La seconde pièce était *Thérésa,* drame de M. Dumas.
Tout Paris a pu apprécier ce touchant et pénible tableau
d'un amour que, par devoir, l'on doit déraciner du
cœur ; il est plus facile d'arracher le cœur lui-même :
aussi l'infortunée Thérésa préfère-t-elle quitter la vie.
On s'intéresse à tous les personnages, car tous sont
malheureux.

Déjà nous étions au lendemain quand le spectacle
finit, car l'aiguille de l'horloge avait dépassé minuit. Au
lieu de nous dire adieu, nous prononçâmes : Au revoir ;
ces mots abrègent l'absence.

# MERCREDI

## SOIRÉE LITTÉRAIRE.

Un pari est une dette de jeu qu'il faut acquitter promptement.

Je m'empressai donc d'écrire à M<sup>lle</sup> Duchesnois que je mettais notre enjeu à sa disposition pour le jour suivant : sa réponse me prouva que l'on jouait avec elle *à qui perd gagne*.

En province, on dit communément qu'une maîtresse de maison est la personne la plus ennuyée un jour de réception. Il est certain que la tâche d'amuser des gens qui souvent ne sont pas *amusables*, selon l'expression de M<sup>me</sup> de Maintenon, n'est pas toujours facile à remplir. A Paris, cette préoccupation, si elle existe, existe beaucoup moins ; car il est rare que l'on ne rencontre pas dans un salon un peu nombreux quelques-unes de ces renommées qui sont comme le centre général de

l'intérêt de la société; colonnes vivantes autour des-
quelles viennent se fixer tous les regards et se grouper
à l'envi la pensée de tous les esprits.

Après ce petit préambule, qui est de nous, si cela
vous était égal, lecteur, comme il nous paraît assez
embarrassant de parler de *soi*, nous vous donnerions le
récit de notre soirée, envoyé par un de nos amis à un
autre de ses amis.

Notre modestie pourrait bien accuser l'excès de sa
courtoisie, si cette narration nous eût été adressée per-
sonnellement; mais, ainsi que nous le disons, c'est par
ricochet qu'elle nous est parvenue; il serait donc *trop*
rigoureux de se montrer *trop* difficile. Toutefois, nous
ajouterons que l'auteur de la lettre de Ruel a déclaré
qu'il s'en rendait responsable.

« Que ne suis-je peintre! que ne puis-je en quelques lignes fixer pour moi les souvenirs d'un salon
où une personne aussi belle que spirituelle réunit ce
qu'elle nomme sa *couronne d'amis!* Mais comment reproduire une conversation tantôt légère, vive et gracieuse, tantôt sérieuse, mais toujours pleine de charmes? Comment répéter, sans les détruire, une foule de
mots heureux qui charment l'esprit, et qui s'évaporent
comme la fumée des parfums? Il faudrait emprunter la
palette de l'auteur du *Miroir des Salons;* et, quand elle
consentirait à la prêter, que de tons fins et délicats, qui
n'appartiennent qu'à elle seule, ne s'est-elle pas ré-
servés!

« Une gageure perdue avait engagé M^me de S.-S. à
réunir quelques amis pour s'acquitter envers M^lle Du-

chesnois. Les lettres et les arts s'étaient donné rendez-
vous dans le salon de M^me de S.-S., qui accueillait chacun avec cette bienveillance vive et empressée qui la
caractérise.

« Le cercle se composait de l'auteur de *Saül*, de
*Jeanne d'Arc*, d'*Élisabeth*, etc., etc.; de mademoiselle
sa fille, sa digne émule; de M^me Desormery, dont la
muse touchante se nourrit de pleurs et de mélancolie;
de M^me Sophie Pannier, dont les écrits et la conversation jettent une si vive flamme; de M^lle Élisa Mercœur,
dont on goûte également et la prose et les vers; de
M^lle Duchesnois, l'âme de notre scène tragique; du
baron Alibert, aussi connu par la grâce de son style que
par des services rendus à l'humanité; de M. de Lour-
doueix, tout à-la-fois publiciste et philosophe chrétien;
de M. Raoul-Rochette, savant aimable, dont la physionomie et les gracieuses manières, me disait une jolie
femme, sont si loin d'être hérissées du grec qu'il n'em-
ploie que pour la science; de M. Roger, de l'Académie
française, si spirituel et si dévoué à ses amis; et de son
confrère M. A. Guiraud, qui nous récita son petit chef-
d'œuvre des *Savoyards*. On y voyait aussi des artistes
renommés, MM. Gayrard, Gigoux, Champin, Romain-
Cases, etc.

« Nous regrettons de ne pouvoir adresser un hommage à chacune des dames qui embellissaient cette assemblée, et de ne pas signaler beaucoup de personnes
qu'il serait trop long de nommer. Toutes entouraient la
maîtresse de la maison, que des chemins de fleurs, doux
et faciles comme son esprit, mènent, sans qu'elle s'en

doute, à une immortalité dont elle n'a pas l'air de se soucier.

« On commença par jeter un regard sur le passé. Des lettres d'hommes célèbres, qui ont payé à la mort leur tribut, furent lues par un littérateur qui, par goût, ou par manie, se plaît à réunir les lignes tracées par des personnages illustres ou fameux.

Ce fut ensuite le tour des vivants. M$^{lle}$ É. Mercœur récita un passage de sa tragédie de *Boabdil,* dont nous allons enrichir le recueil de nos souvenirs.

## FRAGMENT

### De la tragédie de BOABDIL, roi de Grenade.

(La scène se passe dans le jardin du généralif. Abenhamet est à la veille de partir pour l'exil, et de quitter Zoraïde devenue reine de Grenade, pour payer à Boabdil, par le don de sa main, la vie du jeune Abencérage Abenhamet a voulu se poignarder; Zoraïde lui dit qu'elle le suivra dans la tombe, s'il ose y descendre devant elle; il hésite...)

ABENHAMET.

Tu m'aimes, Zoraïde?

ZORAIDE.

En avez-vous douté?

ABENHAMET. *rejetant son poignard, qui va tomber au loin dans le bosquet.*

Non, je n'en doute pas : nos deux cœurs sont les mêmes ;

Le mien, interrogé, me répond que tu m'aimes.
Eh bien! assez hardis pour oser être heureux,
Oublions l'univers, et vivons pour nous deux!
Viens ; suis-moi, loin, bien loin : pourvu qu'il nous rassemble,
Qu'importera l'asile où nous serons ensemble?
Toute terre est féconde et tout ciel parfumé
Dans les lieux où l'on aime, où l'on se sent aimé :
Viens ; dans tous les climats le bonheur s'habitue.
Choisissons dans l'Afrique une rive inconnue;
Là, séjour enchanteur et d'amour et de paix,
Ma cabane au désert deviendra mon palais!
Zoraïde, pour nous quel avenir s'apprête!
Sous mon toit de palmier viens reposer ta tête.
Quels jours s'écouleront plus heureux que les miens!
Je les entourerai de tant d'amour!... Oh! viens...

### ZORAIDE.

Qui? moi! moi! mériter le malheur par le crime!
De quel égarement êtes-vous la victime?
Avez-vous pu penser qu'à ce cœur abattu
L'infortune ferait oublier la vertu!
Non, ne l'espérez pas : à mes serments fidèle,
Je serai malheureuse, et non pas criminelle.

### ABENHAMET.

J'ai pu te proposer de trahir ton devoir!
De me suivre! ah! mon cœur, s'il l'a pu concevoir,
Désavoue à jamais ce projet condamnable!
Je sais trop bien t'aimer pour te rendre coupable!
Mais avant de partir, que du moins pour adieu
J'entende un mot d'amour, un mot... Bientôt, grand Dieu!...
. . . . . . . . . . . . . . . . . . . . . . . .
. . . . . . . . . . . . . . . . . . . . . . . .
. . . . . . . . . . . . . . . . . . . . . . . .

5

Oh! dis-moi qu'il n'est pas d'absence pour le cœur!
Dis-le-moi, j'ai besoin de ce dernier bonheur!

(ÉLISA MERCOEUR.)

« M^me Desormery récita des vers touchants, dans
lesquels elle jette des fleurs sur la tombe des héros français qui ne sont plus. Ces vers ayant déjà paru, nous
ne les donnerons point ici; mais elle voulut bien y
ajouter quelques strophes d'une pièce destinée d'abord
aux Jeux-Floraux, dont elle a fait le sacrifice à l'amitié
qui l'unit à M^me de S.–S.

LE DERNIER ESPOIR.

Au déclin du soleil, errant dans les campagnes,
J'ai vu ses feux pourprés s'éteindre au fond des eaux :
Le matin j'accourais au sommet des montagnes ;
Des torrents de lumière inondaient les coteaux.
J'ai vu tomber la rose et les feuilles d'automne,
Mais le bouton surgit, et la feuille renaît.
Quand une autre saison enrichit sa couronne,
Est-ce à moi de sourire à son nouvel attrait ?
Qu'importe au lieu d'exil le souvenir des fêtes :
Au milieu des hivers qu'importe le printemps :
Comme sous un ciel pur qu'importent les tempêtes
Et les troubles du monde à la vierge des champs !
. . . . . . . . . . . . . . . . . . . . . . .
. . . . . . . . . . . . . . . . . . . . . . .
. . . . . . . . . . . . . . . . . . . . . . .
. . . . . . . . . . . . . . . . . . . . . . .
Dans le monde où je vis je demeure étrangère,
Ma patrie est plus haut, dans un cercle divin;

Qu'irais-je demander aux grandeurs de la terre?
Pour moi les jours heureux n'ont plus de lendemain,
Mes yeux ne verront plus aux célestes demeures
Des flammes d'un moment, des amitiés d'un jour:
Le temps suspend son vol, et la marche des heures
Ne rompt aucun des nœuds que forme un pur amour.
Je ne réclame rien de tout ce qui respire;
Contre les vents glacés mon front est aguerri :
Chaque pas me conduit vers le but où j'aspire,
Comme le voyageur assuré d'un abri.

(Mᵐᵉ DESORMERY.)

« L'auteur de *Jeanne-d'Arc* électrisa l'assemblée en prononçant, avec ce charme et cette force qu'il concilie si bien, sa belle invocation à la poésie. Ces vers furent suivis d'un poëme inédit dont il a fait hommage à l'auteur du *Miroir des Salons* »

## LE TÊTE-À-TÊTE.

« Elle a pris ce matin le voile à Saint-Claire :
Je veux être aimé d'elle une heure. — Et mon salaire ?
— Ma vie et mes vingt ans. — Non. — Mon éternité,
Mon âme de chrétien? — J'accepte le traité.
— A l'œuvre donc. je veux savoir ce qu'une femme
Peut donner de bonheur pour nous payer notre âme... »
L'appel cabalistique aussitôt commença,
Et l'esprit en fuyant sur mes cheveux glissa.
Des sons d'une douceur ineffable, infinie,
Planèrent dans les airs comme un ciel d'harmonie ;
Et je sentais mon cœur se fondre en écoutant,
Écho mélodieux de ce concert flottant,

Lorsqu'à travers l'azur de mes vitraux gothiques,
Aux soupirs vaporeux des notes extatiques,
Une forme brilla blanche dans le lointain,
Comme un trait lumineux sur le front du Matin.
Elle approche, laissant un sillon d'étincelles :
Les Accords voltigeants la portent sur leurs ailes ;
C'était Virginia pure, et contre un mortel
Enveloppant son cœur des voiles de l'autel :
Virginia, conquise au prix de mes deux mondes :
Un front pâle de sainte, orné de boucles blondes,
Et qui pâlit encor sous le feu dévorant
Du regard enchanté qu'elle suit en pleurant.

« Oh, grâce ! j'appartiens au Seigneur, et je pleure :
L'Esprit qui me guidait s'est trompé de demeure,
Sans doute, beau jeune homme au front si gracieux,
Car la tienne n'est pas sur la route des cieux.
Si le sommeil m'abuse à ses vagues mensonges,
Respecte en t'éloignant la pudeur de mes songes.
Mes jours d'un feu divin rayonnaient embellis ;
J'avais trempé mon âme au calice d'un lis.
Grâce et pitié ! détruis ce charme de puissance
Qui te rend dans mon cœur plus fort que l'innocence.
Vois, les astres là-haut brillent silencieux ;
Le ciel ouvre sur nous ses innombrables yeux,
Qui, dans l'ombre attendris, laissent sur ma prière
Comme des pleurs d'amour ruisseler leur lumière ;
Tout mon sein les recueille, et, dans mon chaste effroi,
Mes yeux vont à leur tour les répandre sur toi.
Tu m'aimes... Que mon âme, à la tienne asservie,
Ne trouve pas la mort aux sources de la vie ;
Ne laisse pas l'amour, ce feu surnaturel,
Ce premier-né de Dieu, nous enlever le ciel.
Colombe qui descend des voûtes éternelles,
L'éclair de ton regard a consumé mes ailes :

Et c'est en vain, pleurant leur fragile trésor,
Que je tombe à genoux pour m'envoler encor.
Le jour qu'autour de moi répandait ma couronne
S'est éteint de lui-même, et ta nuit m'environne.
Oh! quel ange viendra luire sur mon chemin!
Pour remonter vers Dieu, qui me tendra la main? »

Et comme elle parlait, je vis, autre victime,
Mon crucifix d'airain se pencher vers mon crime,
Et laisser pénétrer, pour en être vainqueur,
Le sang de ses deux bras goutte à goutte à mon cœur.
Virginia!!!.. ce sang est moins fort que ses charmes;
Sous mes ardents baisers sèchent toutes ses larmes;
Son sourire s'éveille, et, lis beau de fraîcheur,
Une teinte de rose erre sous sa blancheur;
Et la pudeur palpite, et la colombe heureuse,
Se confiant alors à son aile amoureuse,
Prend son vol de bonheur dans un air embaumé,
Ciel terrestre et brûlant à l'archange fermé.
Elle plane et se perd avec toutes ses flammes
Dans un soupir d'amour qui réunit deux âmes.
Sur mon sein en extase elle vient se poser...
Mais tout l'enfer s'allume à son premier baiser;
Le sol fuit... Des damnés la ronde sépulcrale,
Orage de démons, foudroyante spirale,
Cortége nuptial envoyé des tombeaux,
Prête à la douce nuit ses spectres pour flambeaux,
Tourne au bruit du tonnerre, et de sa trombe ardente
Entoure notre hymen comme un cercle du Dante.

(ALEXANDRE SOUMET.)

« Chacun désirait d'entendre M^lle Duchesnois : sa santé, altérée depuis quelque temps, semblait ne pas lui permettre de satisfaire au vœu que M^me de

S.-S.... lui exprimait au nom de tous; mais la demande était faite avec tant de grâce que le refus devenait impossible : elle promit donc d'essayer si ses forces lui permettraient de réciter quelques vers.

« On vit alors Melpomène se lever. Ce n'était plus cette même personne qui, le moment d'auparavant, partageait avec simplicité les plaisirs d'une société choisie : c'était une fille de France, une reine d'Espagne; c'était Elisabeth, la femme de Philippe II, devenue par la fatalité l'amante de don Carlos. Une circonstance doublait l'intérêt qu'inspirait cette grande artiste, l'une des dernières qui ait entretenu le feu sacré sur notre scène. Elle se plaçait dans le rôle d'Élisabeth, et l'auteur de cette tragédie, debout auprès d'elle, se disposait à aider sa mémoire, si elle venait à chanceler.

« M<sup>lle</sup> Duchesnois choisit la scène où la reine vient, au milieu des rochers d'Aldovera, chercher de religieuses consolations près du vénérable Alvarès. Il faudrait l'avoir entendue, il faudrait pouvoir rendre, et pour ainsi dire *noter* sa déclamation, d'abord simple, nette, tout unie, s'élevant ensuite par degrés, et arrivant au brisement de l'âme et au comble de l'émotion, lorsqu'elle vient à parler du jour où, pour la première fois, elle vit don Carlos :

> Écoutez la coupable, et tremblez pour son âme.
> Vous le savez... avant d'habiter ce séjour,
> La France, doux pays où j'ai reçu le jour,
> La France, dont mon cœur garde toujours l'image,

Flattait mes jeunes ans de son brillant hommage,
M'entretenait de gloire, et reportait sur moi
Tout l'amour dont ce peuple environne son roi.
Présidant les tournois, où la chevalerie
Attachait sa devise à ma couleur chérie,
Ignorant l'infortune et ses jours orageux,
J'abandonnais ma vie à de paisibles jeux;
Comme si le Très-Haut, dont l'œil nous environne,
Ne m'eût point réservé le poids d'une couronne.

« M<sup>lle</sup> Duchesnois fut obligée de s'arrêter avant la fin de cette belle tirade : les émotions, devenues trop vives, ne lui permirent pas de continuer. Cette émotion, nous la partagions tous.

« La soirée s'avançait, et il semblait à chacun qu'elle venait seulement de commencer. Le salon se désemplit successivement; il ne resta plus qu'un petit nombre de personnes qui se connaissaient plus particulièrement. Plusieurs jeunes muses, par timidité sans doute, n'avaient pas voulu jusque là nous faire jouir des accords mélodieux de leur lyre. Nous les suppliâmes de nouveau, et elles consentirent enfin à rompre un silence qui nous avait affligés.

« La poétique Gabrielle Soumet nous fit entendre les chants pieux de la vierge de Nanterre, dans l'ode de la *Vision sur le choléra*.

Voyez ce pâle et long cortége
D'enfants qu'un même jour a faits tous orphelins,
Et que leur ange seul protége :
Ces cris, ce deuil des cœurs, ces prières des saints,

Ce torrent de chastes aumônes
Qui vient laver l'iniquité ;
Et ces sœurs, empruntant, si pures et si bonnes,
Leur doux nom à la Charité ,
Ces sœurs qui sont du monde alors qu'il souffre et prie.
Et qui, sous leur bandeau flottant.
Dans l'exil d'ici-bas se font une patrie
Comme celle qui les attend.

« M^lle Pauline de Flaugergues, familiarisée avec les langues étrangères, d'une voix douce et conforme à la douleur, nous récita l'*Orpheline de Grenade*, ballade inédite, imitée de l'espagnol.

« Il était deux heures après minuit : il fallut bien se décider à prendre congé de celle qui nous avait procuré de si douces jouissances ; et chacun alla goûter le sommeil qui, pour plusieurs, dut être fréquemment interrompu par les poétiques images d'une soirée digne des plus belles époques littéraires »

Louis Lassalle del.

lith par A Godard

On vit alors Melpomene se lever !

# JEUDI

## SALON D'UN POÈTE.

M. Soumet avait aussi perdu une gageure le jour de la course aux chevaux; il voulut l'acquitter le lendemain de ma soirée.

La musique, la peinture et la poésie, ces trois sœurs rivales, s'étaient réunies pour charmer les heures. M$^{lles}$ de B... chantèrent, en s'accompagnant sur le piano, avec autant de grâce et de modestie que de talent.

M$^{lles}$ de L..., jolies, jeunes, et pourtant déjà si connues par leurs miniatures, qui sont de véritables tableaux, recueillirent le tribut d'éloges adressé au portrait d'une jeune muse dont leur palette a si heureusement rendu le regard inspiré.

La littérature vint à son tour. On décida que l'on commencerait par la prose, non pour lui décerner les

honneurs, car les poëtes étaient en nombre dans le
salon, mais parce qu'on craignait qu'après les vers la
prose ne parût triste et décolorée. Il y avait bien quelques classiques qui eussent, au contraire, préféré d'ef-
facer, avec le sourire qu'amène une causerie spirituelle et variée, les pleurs d'admiration dont souvent
la poésie mouille nos paupières. Ils le disaient tout
bas ; mais c'étaient des barbares, des personnes à qui
nous n'avons jamais entendu faire que le premier vers
au jeu du quatrain, et que nous nous garderons bien
de nommer.

La belle Gabrielle Soumet lut *la Harpe*, épisode
touchant sur la piété filiale. Le style de cet ouvrage est
empreint de cette mélodie suave qui distingue son
talent ; notre amitié s'enorgueillit de voir figurer nos
initiales en tête de cette jolie nouvelle.

M. Soumet, d'une aménité qui le rendait cher, même
à ses rivaux de gloire, était venu le matin chez moi
pour m'engager à lire un chapitre de mon roman de
mœurs, *Maria* ou *Soir et Matin*. Le redoutable aréopage que j'étais assurée de rencontrer le soir me cau-
sait beaucoup d'effroi ; j'hésitais encore... quand on
me remit un billet de sa fière et poétique fille. Désirant
vous rendre, honorable lecteur, mes petits tableaux plus
frappants de vérité, plus ressemblants, le voici :

« Chère amie, c'est encore moi, c'est toujours moi,
pardon pour ce petit mot que je viens vous dire à la
hâte : M. Alibert est le plus aimable des amis, et le plus
grand des docteurs ; mais il faut avouer qu'il nous a
donné le plus mauvais des conseils, du moins à mon idée.

Vous dire que toute la soirée devait être consacrée à
*Gabrielle-Sapho*, c'est frapper de mort toute la soirée,
et la science d'Esculape sous des traits amis ne suffi-
rait pas pour ressusciter le plaisir ; de grâce, je vous
en conjure, une lecture de votre ouvrage, une lecture
de vous, nous l'attendons, nous la demandons à deux
genoux, au nom de tous ceux qui vous applaudiront ce
soir. La grippe s'est jetée sur mon père, il ne pourra
aujourd'hui que vous offrir son admiration muette; que
faire à cela, chère amie? préparer un chapitre ou deux
de votre prose qui peut bien tenir lieu de vers, et que
beaucoup de vers ne pourraient pas remplacer. Adieu,
à ce soir, et ne pensez pas du tout à Sapho, mais toujours à Gabrielle. »

Maria ! Maria ! Balance les rayons de ta tête de reine !

— Voilà un beau vers ! s'écria M. Soumet en riant,
il est concluant. — Je promis donc d'apporter un
fragment de mon ouvrage. Cependant, quand arriva
l'heure de monter en voiture pour me rendre à la
réunion où j'étais attendue, par une timidité que toutes
les femmes comprendront, si ce n'est peut-être tous
les auteurs, j'oubliai le chapitre.

A peine étais-je entrée dans le salon, comme je
recueillais avec bonheur des témoignages de bienveillance, une lettre dont la lecture me troubla me fut
communiquée. Cette lettre annonçait qu'un fragment
de mon ouvrage, le *Mont-Valérien*, inséré dans l'*Echo
de la jeune France*, était incriminé, et qu'une saisie

menaçait le numéro de ce journal : j'avais fait de la
politique sans le savoir.

L'opposition, on le sait, est de mode en France.
Cet incident, comme l'avait prévu l'aimable attention
de l'amitié, excita l'intérêt : on voulut lire l'article, afin
de juger jusqu'à quel point les rigueurs de la censure
pouvaient être méritées : et, pour me venger sans doute,
j'eus une plus grande part de louanges ; car la persé-
cution désarme la critique.

— Ah! s'écria un légitimiste après la lecture, ce
gouvernement ne fait que des fautes : c'est la personne
qu'il fallait saisir. — La soirée s'avançait ; une partie
de la société s'était retirée ; le cercles des poëtes de-
meura, et des invocations furent adressées aux Muses.
On pria M^me d'Aclein de nous dire un sonnet que nous
donnons ici ; il est *sans défaut*, et vaut un long poëme.

C'est une réponse au fragment suivant d'une lettre
de Henri IV à la marquise de Verneuil :

« Un lièvre m'a mené hier jusqu'aux rochers devant
Malesherbes ; là j'ai éprouvé combien est douce la sou-
venance des plaisirs passés ; je vous ai souhaitée dans
mes bras, comme je vous y ai vue autrefois... Adieu,
mes chers amours ! Si je dors, mes songes seront de
vous ; si je veille, mes pensées seront de même ; ainsi,
disposez d'un million de baisers. »

HENRY.

## RÉPONSE DE LA MARQUISE DE VERNEUIL.

« Sire, de vos souhaits je serais trop flattée
Si l'amour, l'amour vrai conduisait vos élans ;
Mais, prudente, je mets au rang des vers galans
La lettre au doux propos que l'esprit a dictée.

Par les écueils du temps l'âme une fois heurtée,
Se méfie, et partout ne voit que des semblans :
Plutôt que de voguer avec des mâts tremblans,
Sous l'éternel repos vaut mieux s'être abritée.

Tout l'orgueil d'une femme est dans un souvenir ;
Pour l'homme, le passé n'est rien ; dans l'avenir
Il embrasse l'autel que lui dresse l'histoire.

Là sa pensée unique ; il est amant huit jours ;
Poëte ou Majesté, n'est-il pas roi toujours !
O mon maître ! courez un seul lièvre : la gloire. »

On applaudit à ce sonnet, qui, par sa couleur, rappelle un beau temps d'amour, et l'on s'attendrit en écoutant la muse plaintive du timide auteur de l'*Orpheline de Grenade*.

## L'ORPHELINE DE GRENADE.

Où s'adressent tes pas, malheureuse orpheline ?
        Pose ton luth !... Vois ce tertre sanglant ;
Une croix le protége, un glaive le domine.
Enfant, c'est là qu'il dort, le guerrier castillan
        Jamais, hélas ! tu n'as connu ta mère,
                Et maintenant, ô Leïla !
                Ton seul ami, ton tendre père,
                        Est couché là !

Les roses, l'oranger, ceignent ta chevelure ;
        O pauvre enfant ! cherche un voile de deuil ;
Écarte de ton front cette fraîche parure ;
Dépose ta guirlande au pied de ce cercueil,
        Et que tes pleurs mouillent la froide pierre.
                Oui, pleure, pauvre Leïla ;
                Ton seul ami, ton tendre père,
                        Est couché là !

Détache de ton cou cette chaîne brillante,
        Bijou royal conquis par un héros.
Ton père, à son retour, de sa main triomphante
Aimait à te parer de ces riches joyaux ;
        Mais il n'est plus, hélas ! et sur la terre
                Tu restes seule, ô Leïla !
                Ce noble ami, ce tendre père,
                        Est couché là !

Où vas-tu ! vers le temple en paix tu t'achemines :
        N'as-tu donc vu crouler son toit fumant ?

O pauvre fleur éclose au milieu des ruines !
Pour abri tu n'as plus que ce froid monument.
Offre à ton Dieu tes pleurs et ta prière :
Lui seul t'écoute, ô Leïla !
Parle à ton Dieu, puisque ton père
Est couché là !

(PAULINE DE FLAUGERGUES.)

M. le comte Jules de Rességuier, si connu par les spirituelles poésies dont il a enrichi la littérature, récita *le Retour d'un bal.* La pendule sonna minuit au moment où il prononça ces mots :

Il est minuit ! c'est l'heure : et l'on vient m'avertir
Que les chevaux sont prêts, qu'il est temps de partir.....

Puis il peignit cette danse à l'allure emportée qui jetait dans le bal une diversion si vive, et qui a été remplacée par la polka.

### LE GALOP.

A l'ambassade d'Angleterre
Mon pied n'a pas touché la terre ;
A peine un accord s'achevait,
Que sous la cymbale bruyante,
La valse folle et tournoyante
De tout son souffle m'enlevait.

Qu'une danseuse marche et passe,
Je devine si dans l'espace
Son bras léger doit s'arrondir ;
Et si franchissant l'intervalle,
Éblouissante et sans rivale,
Sous ses fleurs elle va bondir.

Et dans mes bras quand je l'enlace,
De ses rubans, de glace en glace,
On voit scintiller la couleur,
Comme l'éclair dans le nuage,
Comme au tourbillon de l'orage
Vous voyez rouler une fleur.

Ses boucles lisses, éclatantes,
Déjà se dispersent flottantes
Autour de son cou gracieux.
Sur son épaule un nœud retombe,
Comme l'aile d'une colombe
Qui tourne en cercle dans les cieux.

C'est ma valseuse rose et blanche ;
Elle s'élève, elle se penche,
Redouble l'élan indompté,
Comme en faisant flotter sa rêne
Un coursier blanc fuit dans l'arène,
Au bruit du clairon emporté.

L'orchestre, plus doux qu'une lyre,
Un instant suspend son délire,
Et notre vol se ralentit,
Puis, dans le nœud qui nous rassemble,
De nos pieds, qui frappent ensemble,
Le parquet bruyant retentit.

Vers le couple qui vient rapide,
Ma valseuse, plus intrépide,
Fuit et s'échappe de ma main :
Un élan de moi la sépare,
D'un autre élan je m'en empare,
Pour recommencer le chemin.

A l'ambassade d'Angleterre,
Mon pied n'a pas touché la terre
A peine un accord s'achevait,
Que, sous la cymbale bruyante,
La valse folle et tournoyante
De tout son souffle m'enlevait.

(Le Comte JULES DE RESSÉGUIER.)

Un jeune poëte, à l'air tant soit peu vaporeux, déclama une pièce de vers intitulée *le Charme*, et trouva un écho dans tous ceux qui l'entouraient.

L'auteur des *Confidences*, M. Jules Lefèvre, avec un sourire qui effleurait la satire, nous lut un morceau de poésie piquante sur les femmes, ou plutôt sur une seule.

Non, je ne la hais pas ; je ne puis la haïr !
Je sais qu'elle s'est fait un jeu de me trahir,
Et qu'en traçant mon nom sur son livre d'hommage,
Elle gravait ma tombe au revers de la page.
Ses jours sont à jamais retranchés de mes jours :
Je ne veux plus la voir... mais je l'aime toujours.
. . . . . . . . . . . . . . . . . . . . . . . . . . . . . . . . .
. . . . . . . . . . . . . . . . . . . . . . . . . . . . . . .

6

Je n'écouterai pas ; je songerais encore
Aux liens qu'elle impose, aux regards qu'elle implore,
Aux aigrettes de fleurs flottant sur ses cheveux,
A son art séducteur d'en disposer les nœuds.
Son éclat me poursuit, comme un surcroît d'injure.
Je ne vis plus en moi, je vis dans la parure
Qui fascine les yeux qu'elle épie en passant.
Misère !... et voilà l'homme, un demi-dieu pensant,
Esprit qui s'imagine être le roi du globe,
Et qui tient tout entier dans le pli d'une robe !

M. Émile Deschamps, si plein de trait dans la conversation, nous dit en vers la touchante scène du balcon de *Roméo et Juliette*. Il nous a adressé au commencement de cette année une spirituelle *Revue*, dont les vives étincelles vont se refléter sur notre *Miroir* moral.

### 1er JANVIER.

Le baromètre à la tempête ;
La conscience au-dessous de zéro ;
L'intrigue au premier numéro ;
Des cœurs tristes, des airs de fête ;
De farouches Brutus flairant l'air du bureau ;
Des grands seigneurs n'ayant d'élevé que la tête ;
Des Crésus allant à la quête ;
De vieux nains drapés en héros ;
Des gens d'en-bas montés au faîte.

Prenant tout, et parlant d'intérêts généraux ;
Des chrétiens reniant les Grecs pour le Prophète ;
　　Des saints qui seraient des bourreaux,
　　Et d'anciens mouchards... libéraux ;
　　Puis le génie en proie aux bêtes,
　　Et la plèbe criant *haro !*
　　Sur la couronne des poëtes ;
　　Et dans les bals comme au barreau,
Les hommes moins polis sans être plus honnêtes
　　Et nos élégants à conquêtes
Laissant les dames là pour celle de *carreau !*
Le jeune amour traité de fable surannée ;
Devant le pauvre à jeun, sur les bornes tremblant,
L'Égoïsme en traîneau, sous ses poils s'étalant ;
Par le vice en faveur la loyauté bernée ;
　　La palme en cent lieux décernée
A qui prouve n'avoir nul esprit nul talent ;
　　L'agiotage calculant,
A tant chaque malheur, le gain de sa journée ;
L'opinion, à droite, à gauche, s'en allant
Comme la girouette à tous les vents tournée ;
Sous son manteau troué le sage se voilant ;
　　L'ingratitude déchaînée
Contre les dieux tombés, armant son dard sanglant,
　　Ainsi qu'une guêpe acharnée
　　Suit un lion qui saigne au flanc.
　　Quelque duchesse un peu fanée
　　Promenant un bel indolent ;
A nier l'*idéal* la *matière* obstinée ;
Au chant du rossignol la couleuvre sifflant...
Enfin, rien de nouveau pour la nouvelle année !

(Émile Deschamps.)

Mᵐᵉ Valmore souffrante, mais si identifiée avec
la poésie, nous a envoyé, avec sa grâce ordinaire, une
pièce de vers que nous nous plaisons à ajouter aux
souvenirs de cette soirée.

### UN NOM POUR DEUX COEURS.

Je t'écrirai toujours, ne fût-ce que des larmes ;
Je t'enverrai mon nom qui signa tant d'amour :
Mets-le dans ta prière, et jusqu'à ton retour
  Le tien me servira d'appui dans mes alarmes.
     Si Dieu le veut, tu reviendras,
     Et mes pleurs, tu les essuiras.


Ton nom ! partout ton nom console mon oreille.
Flamme invisible, il vient saluer ma douleur ;
Il traverse pour moi le monde et le malheur ;
Et la nuit, si mon rêve est triste, il le réveille.
     Il dit : encor nous souffrirons,
     Mais toujours nous nous aimerons !


Tu sais que dans mon nom le ciel daigna l'écrire.
On ne peut m'appeler sans te jeter vers moi ;
Chaque lettre en est mienne et me mêle avec toi :
Doux échos l'un de l'autre, ils volent pour se dire :
     Comme l'eau dans l'eau, pour toujours,
     Tes jours couleront dans mes jours.

(Mᵐᵉ VALMORE.)


Nous fûmes aussi priée de dire des vers. S'imagine–

rait-on que nous cédâmes à ce vœu ? Dire des vers devant cet aréopage, quand nous nous étions sentie timide pour lire de l'humble prose ! Toutefois, nous débitâmes un petit plaidoyer en faveur des moineaux, plaidoyer que nous n'insérons point ici, l'ayant prêté à l'héroïne de notre roman de mœurs, *Maria,* qui partage avec nous le goût des oiseaux et des fleurs.

Le ton de plaisanterie mêlé dans l'anecdote qui précède notre défense en vers termina gaiment la soirée. On se retira : c'était le matin, heure à laquelle commence souvent la nuit des gens du monde.

# VENDREDI

## LES AUTOGRAPHES OU LE CABINET D'UN AMATEUR.

On sait qu'il est d'usage au Marais de commencer la soirée de meilleure heure que dans la Chaussée d'Antin, par exemple; toutefois, il n'était pas nécessaire d'une habitude à suivre pour mettre de l'empressement à aller visiter le cabinet de M. de M..., qui renferme de si précieuses raretés littéraires. Aussi, à huit heures précises, plusieurs voitures s'arrêtaient déjà devant son hôtel, rue Saint-Louis. Une bibliothèque, dont les rayons sont surchargés de richesses littéraires, en belles éditions et en manuscrits gothiques, n'obtint de nous que quelques instants rapides, quand il aurait fallu de longs jours pour en parcourir les trésors. Nous indiquerons cependant quelques manuscrits d'une haute curiosité, dont nous admirâmes les miniatures, tels que *le Songe du vieux pèlerin*, par Philippe de Maizières, l'un des conseillers de Charles V ; il est écrit sur peau

vélin, orné d'arabesques et de deux grandes miniatures,
dont l'une représente l'auteur offrant son livre au
roi Charles VI, qu'il désigne dans l'ouvrage sous le titre
du *Faucon blanc au bec et pieds dorés*. Le monarque
est au milieu du Louvre, dans un appartement décoré
d'arceaux gothiques que le temps a détruits. On aper-
çoit dans le lointain Montmartre, avec les murailles à tou-
relles qui ceignaient autrefois le bas de cette montagne.
Dans la seconde miniature, *la Reine de Vérité*, élevée
sur un trône, est assistée de *la Paix*, de *la Clémence* et
de *la Justice*. Le pèlerin, sous le nom d'*Ardent-Désir*,
accompagné de *Bonne-Espérance*, admis au pied du
trône, présente ses hommages à la reine.

Le roman d'Othonien, écrit également au quinzième
siècle, et accompagné d'une grande quantité de carica-
tures de l'époque, est encore revêtu de sa reliure pri-
mitive, fortifiée de clous et de fermoirs, comme les
livres de plain-chant qui surchargent les lutrins de nos
paroisses. Nous finirons cette énumération de raretés
qui serait interminable, dans le cabinet d'un amateur
pour qui ces trésors de curiosités ne sont point seulement un objet de luxe bibliographique, en indiquant le
manuscrit du roman de *la Rose* et du *Testament de
Jean de Meung*, sur vélin, orné de figures allégoriques
empruntées à la mythologie.

Les tableaux nous retinrent longtemps dans leur
musée. Nous citerons ceux qui produisirent sur nous
une plus grande émotion.

*Gabrielle de Vergy*, par Santerre. Ce peintre la représente au moment où l'on vient de placer devant elle le

cœur de son amant. Qu'elle est belle dans son désespoir !
Ses traits expriment à-la-fois le combat de la nature
morale et l'horreur que lui inspire la pensée de la *tombe*
réservée à celui qu'elle a tant aimé. Laissons parler le
poëte qui assistait avec nous à cette intéressante soirée :


> Mais où prendre un pinceau qui ne se brise pas,
> Pour peindre les horreurs de ce dernier repas ?
> . . . . . . . . . . . . . . . . . . . . . . . . . . . . . . . . . .
> . . . . . . . . . . . . . . . . . . . . . . . . . . . . . . . . . .
> Dans son cœur sépulcral inhumant la victime,
> Tous les banquets pour elle aussitôt sont fermés ;
> Un seul a clos ses jours, par la mort réclamés.
>
> (JULES LEFÈVRE).


Nous détournant de cette scène lugubre, nos yeux
aimèrent à se reposer sur une *Bergerie* peinte par le
Nain ; son habile pinceau rend vivante la fraîcheur de
ce paysage.

L'attention se dirigea encore et s'arrêta sur plusieurs
*Saintes-Familles*, par Sébastien Bourdon ; nous assistâ-
mes à un *Concert d'Anges*, que le Corrége nous a laissé
en quittant la terre. Le *Christ* expirant dans les bras de
la Vierge reçut de nous un double hommage de foi et
d'admiration. Ce tableau est du Schidone. On remar-
qua aussi un beau portrait de La Bruyère, par Philippe
de Champagne. L'auteur des *Caractères* y est repré-
senté écrivant un passage de son livre ; son regard
respire un dédain plein de finesse et de malice.

Le *Jugement dernier*, par Martin Fréminet, premier peintre de Henri IV. C'est en peinture un véritable poëme en trois chants. L'artiste a imité Raphaël dans la scène supérieure, le Parmesan dans la zone intermédiaire, et Michel-Ange dans la partie basse du tableau. On voit dans le haut le trône de l'Éternel, environné de légions innombrables d'anges aux transparentes ailes ; l'âme se sent traversée par un rayon prolongé de la lumière céleste.

Vers le milieu du tableau, comme la chaîne mystérieuse et sainte qui unit les cieux à la terre, le peintre a placé Jésus-Christ, la Vierge et le disciple bien-aimé, accompagnés des prophètes et des patriarches ; ils entourent le Sauveur du monde.

La dernière scène, du genre de Michel-Ange, produit une vive impression d'effroi religieux : la trompette sonne, les morts réveillés sortent de leurs tombeaux, les justes, séparés des méchants, sont conduits vers les demeures célestes, et les démons, avec une joie satanique, s'emparent de leurs victimes, et les entraînent dans le gouffre sans fond. Je ne pouvais m'empêcher de plaindre un pauvre damné qu'un noir démon tient fortement à l'épaule avec ses dents grincées : on croit sentir l'effet de la morsure ; j'en fis la remarque à M. Soumet. « Malgré toute votre pitié, madame, reprit-il, vous passeriez la soirée entière devant ce tableau, qu'il n'en *démordrait* pas.

—Oh ! je le crois bien, monsieur ; le diable est si entêté ! »

De légers ouvrages découpés, parlant au cœur

bien plus qu'à l'esprit, font deviner la main d'une femme : « Ce sont, dit M. de M..., de petits chefs-d'œuvre d'adresse d'une parente, sœur de mon choix, modèle de son sexe par ses grâces et par ses vertus. Elle aussi fut jeune et belle ! » Ces mots : *elle fut*, présentent toujours à la pensée une image solennelle : nous nous inclinâmes religieusement devant ces souvenirs de la tombe.

L'*Annonciation*, charmante production de Bon Boulogne. La *Magdeleine* de Benedetto Lutti, surprise par le sommeil après une nuit d'austérités, inspira les vers suivants à mademoiselle Pauline de Flaugergues :

Succombant à ta peine, un instant tu reposes.
Tu fermes tes beaux yeux encor tout pleins de pleurs ;
La prière erre encor sur tes lèvres mi-closes,
Et ton front s'est penché sous le poids des douleurs :
Va, tes pleurs ont fléchi la céleste colère,
    Et tu peux dormir sans effroi,
Car Dieu, dans sa clémence, a reçu ta prière,
    Et le pardon plane sur toi.

Nous n'avons garde d'oublier le tableau du *Sacrifice d'Iphigénie*, où Lebrun, déployant toutes les richesses de son pinceau, plus hardi que le peintre de l'antiquité, n'a pas reculé devant l'expression de la douleur d'Agamemnon. Mais c'est surtout aux portraits de Mme de Sévigné et de sa fille, Mme la comtesse de Grignan, que l'on doit des hommages dans le cabinet de l'écrivain qui leur consacra ses précieuses veilles, si

justement couronnées de tant de succès. On en doit
encore au même titre à celui de M<sup>me</sup> de Maintenon,
en sainte Françoise romaine, belle répétition du grand
tableau de Mignard.

Deux autres portraits en émail sont suspendus à
la cheminée, ceux de M<sup>me</sup> de Montespan et de
M<sup>lle</sup> de Fontanges, rivales en orgueil, rivales dans le
cœur d'un roi, et sans doute rivales en beauté; cependant cette dernière rivalité s'efface dans leurs portraits.
On jette un coup-d'œil indifférent sur la fière favorite
que supplanta l'adroite M<sup>me</sup> de Maintenon, et l'on
regarde toujours celle dont l'abbé de Choisy disait :
« Belle comme un ange et sotte comme un panier. »

On termina la soirée par l'examen de curieux autographes; la collection de M. de M... est une des plus
riches qu'on puisse voir : elle forme vingt-deux portefeuilles d'une grande dimension.

Il serait impossible d'analyser la quantité de lettres
que nous vîmes, tracées de la main des personnages
illustres ou fameux qui ont traversé la vie, et qui, par
l'écriture, assurèrent à leurs pensées l'immortalité que
ces pensées avaient reçue de leur âme. On ouvrit un
des cartons où se trouvaient plusieurs correspondances
des grands de la terre, ainsi que d'anciennes ordon-
nances royales qu'on nomme Chartes; des portraits
sont le plus souvent joints à ces autographes, ce qui
ajoute encore à l'intérêt piquant qu'on éprouve en les
parcourant.

Une lettre de Marie de Bourbon, princesse de Clèves,
duchesse de Longueville, adressée à sa belle-mère, la

princesse Jacqueline de Rohan, amusa surtout deux médecins, qui qualifièrent savamment la maladie dont la princesse se plaignait; une fermière d'aujourd'hui craindrait d'entrer dans les détails que contient cette épître, que nous donnerons à la suite de ce chapitre, comme un modèle de la simplicité du style épistolaire de l'époque.

Des billets de Robespierre, de Marat, de la belle Charlotte Corday, excitèrent des émotions différentes.

Charles IX écrivant, trente-six jours après la Saint-Barthélemy, à Léonor d'Orléans, duc de Longueville, époux de Marie de Bourbon, dont nous venons de parler, et enjoignant à ce prince de retenir La Noue, dit *Bras-de-Fer*, qui, à sa sortie de Mons, s'était mis à la disposition du duc, alors lieutenant-général et gouverneur de la Picardie. Les habitants de La Rochelle avaient écrit à La Noue pour l'engager à venir au milieu d'eux, le regardant comme le seul homme qui pût remplacer l'amiral de Coligny. La lettre de Charles IX, monument échappé à l'histoire, et que l'on retrouve ici, semblait présager à La Noue le sort du héros dont il professait les croyances politiques et religieuses.

### LETTRE DE CHARLES IX, ROI DE FRANCE.

#### A LÉONOR D'ORLÉANS, DUC DE LONGUEVILLE.

« Mon cousin, je suis merveilleusement contant de ce que vous avez sçeu si bien, et à propos faire exécuter

mon intention sur ceulx qui estoient sortys de Montz
et voulloient rentrer en armes et en trouppes en mon
Royaume. Je vous prie d'achever et que je demeure obey.

. . . . . . . . . . . . . . . . . . . . . . . .

La Barte est arrivé, du quel j'ay encore plus particulièrement entendu comme ont esté chastiez ceulx de
Montz, et aussi ce que La Noue vous a mandé ; m'ayant
faist veoir la coppye des deux lettres qu'il vous a escrip-
tes, et de la vostre, mon cousin, j'ai voulu vous renvoyer mon intention par le dit sieur de La Barte, et
encore qu'il en soyt très bien instruict, toutefois, je
vous en ay voulu déclarer quelque chose par la présente.
C'est, mon cousin, que je désire et vous prie doner
toute assurance au dit La Noue, affin qu'il vous vienne
trouver, et, comme il sera entre vos mains, le retiendrez
et ferez soigneusement et bien garder, pour en estre
faist ce que je vous manderay.

« Au regard des autres qui sont avecques le dit La
Noue, et lesquels disent sçavoir bien où se retirer, le dit
sieur de La Barte vous dira ma volonté, et je vous prie
de le croire comme si c'estoit moy-mesme. Escrit à
Paris, le dernier jour de septembre 1572.

« Signé CHARLES.

« Contre-signé DE NEUFVILLE. »


Un nouveau carton fut ouvert, et Napoléon parut à
toutes les époques de sa vie. On s'arrête avec un souve-

nir pénible, que rappelle tant de gloire renversée, sur
une modeste leçon d'anglais écrite par lui, à Sainte-
Hélène, sous la dictée de M. le comte de Lascases :

Ceux qui l'ont méconnu pleureront le grand homme :
Athène à des proscrits ouvre son Panthéon ;
Coriolan expire, et les enfants de Rome
    Revendiquent son nom.

(LAMARTINE.)

Un drame qui venait d'attirer la foule à la Porte-
Saint-Martin, *la Chambre ardente*, nous fit remarquer
plus spécialement un message de la marquise de Brin-
villiers à Sainte-Croix, son effroyable amant ; les caractères sont indéchiffrables et presque cabalistiques ; on
lit à la suite de cette lettre plusieurs recettes d'un poi-
son subtil, écrites de la main de Sainte-Croix.

La lithographie désire s'emparer de la lettre pour
*fac simile*, nous dit son possesseur ; — il nous paraissait impossible qu'on parvint à la lire ; — mais on ne
la lira pas, reprit le magistrat ; on suivra en cela le conseil d'un vieux procureur au Châtelet, chez lequel j'ai
travaillé dans ma jeunesse ; il disait à ses clercs : « Mes
amis, quand vous ne comprenez pas l'écriture, figurez-
en les traits.

La méthode de dessin du praticien fit sourire, lorsque soudain les physionomies se rembrunirent à la
vue de plusieurs lettres jointes à l'interrogatoire de la
fameuse Voisin, en 1679. Une femme de qualité, dont

nous taisons le nom par égard pour ses descendants, invoque les philtres de la magie pour ramener un infidèle. « Employez votre science à le faire revenir au plus tost ».

Toutes les merveilles bibliographiques contenues dans ces portefeuilles offrent un intérêt divers : il en est dont les sujets sont attendrissants, tels que l'épitre de Ducis pleurant sur le tombeau de sa fille, le noble dévouement exprimé dans la dernière lettre historique du général Bonchamps à La Rochejacquelein, sur leurs différends dans la guerre de la Vendée ; il en est d'autres qui se rattachent à de piquantes anecdotes de notre histoire littéraire, comme un billet d'amour de Saint-Lambert à la marquise du Châtelet, une lettre écrite à Voltaire par M$^{lle}$ Du Noyer, la première qui ait reçu ses tendres hommages, cette *Pimpette* qu'il chanta dans ses *premiers* vers amoureux. Des billets-doux, pourtant, dans le cabinet d'un grave magistrat, c'est donc un passeport que le titre d'autographe ! L'expression d'un sentiment que rajeunit chaque génération qui se succède amena le sourire sur les lèvres des jeunes femmes ; toutes voulurent voir les lettres d'amour, sachant bien que, si la vertu défend d'y répondre, elle n'interdit pas absolument de les lire.

On sourit à la muse badine du savant évêque d'Avranches, Huet, « plus renommé jusqu'ici, dit la *Revue rétrospective*, par son culte à la science que par ses amours ».

On s'intéresse à la délicatesse du peintre Nanteuil, refusant l'or de M$^{lle}$ de Scudéry, surnommée Sapho.

C'est avec un sentiment de profonde estime qu'on lit les vers de cette dernière sur le portrait du vertueux Montausier ; et l'on traverse l'Hellespont avec le chantre des *Jardins*, pour prendre part aux fêtes de l'Asie.

Nous terminerons cette série en indiquant une pièce bizarre, monument d'ignorance, de ridicule et de superstition : c'est un grave traité *de l'esprit ténébreux*, avec un... niais ; il est écrit sur parchemin, revêtu de toutes les formes cabalistiques ; et rien n'y manquerait si le diable y eût apposé sa griffe.

Voici quelques passages de ce pacte infernal : « Que « tu me donneras cent mille livres d'argent comptant, « et mille livres tous les premiers mardis de chaque « mois ; que l'or et l'argent que tu me donneras sera « fabriqué de main d'homme, venant du levant, du « ponant, ou autres lieux ;. . . . . . . .

« . . . . . . . . . . . . . . .

« Que tu me maintiendras en bonne et parfaite santé « l'espace de quarante-neuf années. . . . . .

« . . . . . . . . . . . . . . .

« à commencer de ce jourd'hui...... du présent mois « et an de l'année mil six cent soixante et seize, jus- « qu'au pareil quantième du même mois de l'année « mil sept cent vingt-cinq. . . . . . . . .

« . . . . . . . . . . . . . . .

« Que tu me porteras et rapporteras, avec une autre « personne, où je voudrai aller. ( *Pas si diabolique !* )

« . . . . . . . . . . . . . . .

« Que tu me préserveras de toutes sortes d'armes à feu, « comme aussi de l'épée. . . . . . . . .

« Que tu me donneras une bague pour me rendre in-
« visible toutes les fois que je la mettrai au doigt. »

Délicieux traité! comment résister à la tentation d'en
faire un semblable? Dans l'article qui suit, il paraitrait
que le stipulant craint de voir le démon avec la forme
sous laquelle on le représente ordinairement, car il en
exige une métamorphose.

« Que tu viendras toutes les fois que je t'appellerai
« par ton nom, en belle figure, et douce et agréable.
« . . . . . . . . . . . . . . .
« Que tu m'avertiras de tout ce qui se passera contre
« moi. . . . . . . . . . . . .
« Que tu seras toujours le premier à mon secours; que
« tu me donneras de l'esprit! (*La demande n'était pas*
« *inutile.*). . . . . . . . . . . .
« Que tu me donneras la médecine universelle; que tu
« me diras la quantité qu'il en faut prendre; que tu
« m'apprendras toutes les sciences en deux fois vingt-
« quatre heures. . . . . . . . . . .
« Que tu me donneras l'herbe à la mémoire. . . .
« Que tu me laisseras faire les fonctions de bon chré-
« tien, pour éviter le scandale. . . . . . . .
« Que tu me préserveras de toute sorte de justice,
« royale, papale et subalterne, commise pour sujet du
« présent traité. »

Cette condition ne fut pas exactement remplie; la
puissance des archers l'emporta sur celle de Satan : le
traité ayant été saisi sur Gabriel Gérard, ce dernier fut
traduit à la Chambre de Justice, où son interrogatoire,
qui eut lieu le 27 mai 1679, vient à l'appui de ce funeste

contrat. Ces actes, dont il serait trop long d'entretenir le lecteur, sont réunis aux volumes de la collection d'autographes de M. de M…; ils portent les signatures de Gabriel Gérard et de deux membres de la Chambre de Justice, Bazin et La Reynie.

M. de M…, pensant qu'il nous serait agréable de faire passer devant notre Miroir les célébrités dont nous avons cité les noms, nous a remis la copie de plusieurs pièces originales qu'il conserve dans ses cartons. C'est par leurs propres écrits que le lecteur jugera de ces personnages, s'il est vrai, comme on l'a dit quelque part, *que le style soit tout l'homme.*

### LETTRE DE MARIE DE BOURBON-VENDOME [1],

Princesse de Clèves, femme de Léonor d'Orléans, duc de Longueville,

A sa belle-mère Jacqueline de Rohan, veuve de François d'Orléans, marquis de Rothelin [2].

( *L'orthographe a été scrupuleusement conservée.* )

« Madame, je suis tres marrye de vostre gratelle qui ne san va point et voudrois estre aupres de vous pour vous ayder à grater, s'il estoit besoing. Je suis venu à mon posvre menage dou ie vous anvoye de mon beurre

---

[1] Née en 1539, morte en 1601.

[2] Elle mourut en 1586.

frais que ie (*j'ai*) sallé ung peu ayant antendu que lostre
estoit trop, aussy nestoit il de sete année. Ie vousdrois
que eussyés trouvé le vin bon ; mais quant il vous plera
venyr vous gueryré plus tost, et si vous choysirés du
vin sur quatre vin pipe ce qu'il vous plera, et du meilleur. Vos petits enfans se porte fort bien, ormys la
gualle ; ils sont quasy guéry. Ie vousdrois estre si heureuse, que je péuse estre avec vous : or, si vous ne venez bientost, vous ne guerirés point ; venés, je vous
suplye, madame et bonne mere, souvenez vous de tenyr
an vos bonnes graces vostre grand filles [1] et moy et vos
petiz enfans [2], et je prie Dieu qui vous donne tres bonne
et longue vie apres vous avoir baissé tres humblement
les mains. De Trie, ce [   ] [3] de mars.

« Vostre très-humble et très-obéissante
posvre fille ,

« *Signé* MARIE DE BOURBON. »

[1] Françoise d'Orléans-Rothelin, femme de Louis de Bourbon, premier du
nom, prince de Condé.

[2] Marie de Bourbon a eu neuf enfants de son troisième mariage.

[3] Cette date est restée en blanc dans la lettre originale.

## LETTRE DU GÉNÉRAL DE BONCHAMPS
### *AU GÉNÉRAL DE LA ROCHE-JACQUELEIN.*

Cette lettre a été écrite la veille de la bataille de Cholet,
où Bonchamps fut blessé mortellement.

« Je vous fais savoir, mon cher La Roche-Jacquelein,
que les républicains, au nombre de dix mille hommes,
commandés par ce tigre de Westermann, sont réunis
aux environs de Cholet. L'espion dont je tiens cette
nouvelle m'a dit aussi qu'ils comptoient beaucoup sur
la mésintelligence qu'ils supposent exister entre nous
deux... Dans une circonstance aussi épineuse, je crois
que nous devons cesser de donner aux représentants de
la république le spectacle de nos différends, dont ils ne
manqueroient pas de chercher à profiter... Au reste,
que d'Elbée soit juge entre nous deux, mais après l'événement qui se prépare... Maintenant, ne songeons qu'à
notre devoir, qui est de servir la cause royale de tous
nos moyens.

« L'affaire de Cholet sera chaude, je le prévois ; mais
Dieu et le Roi sont pour nous, et, avec cette assurance,
peut-être donnerons-nous une leçon aux bataillons de
Mayence.

« Adieu, mon cher ami ; je voudrois vous en écrire
davantage, mais le temps ne me le permet pas.

« Tout à vous et au Roi.

« *Signé* DE BONCHAMP. »

A Savenay, ce septembre 1793.

Suscription :

*Monsieur H. de La Roche-Jacquelein.*

*A la Ferme des Rieux.*

### BILLET DE SAINT-LAMBERT

A la marquise du CHATELET.

( Ce billet, quoique d'amour, est aussi glacé que son poëme. )

Au Val, 13 septembre.

« Je n'ai pu me justifier, mon cher cœur, dans la lettre que je vous ai écrite, et je ne vous ai pas dit assez combien je vous aime; vous m'êtes plus chère que jamais, et vous me le serez toujours; je vous en dirais davantage si je n'allais pas à Paris. J'ai changé d'avis, et je ne puis vous savoir affligée sans courir à vos pieds. »

A l'occasion de ce billet, M. de M... nous raconta une anecdote assez piquante : On assure, dit-il, que Voltaire, s'étant rendu à Cirey pour porter au marquis du Châtelet des consolations sur la mort de sa femme, après les premières effusions d'une douleur silencieuse, la conversation devint ensuite intarissable sur les qualités et les agréments de la personne regrettée; dans de mutuels épanchements, où le cœur l'emporte souvent sur la prudence, le philosophe de Ferney avoua au mari que son admiration pour la marquise lui avait fait transgresser les lois de l'amitié. — Eh bien! nous la pleurerons ensemble! s'écria celui-ci; et leurs larmes de se confondre de nouveau. Encouragé par cette indulgence, Voltaire témoigna le désir d'avoir un souvenir de celle qui n'était plus.

Parmi les bijoux de M<sup>me</sup> du Châtelet, se trouvait une bonbonnière, gage de la tendresse de son mari ; elle contenait un portrait qu'on découvrait au moyen d'un secret. Voltaire considérait cette boîte avec une expression d'amour mêlée de regret ; enfin, il convint qu'un jour, la marquise la lui ayant confiée, il avait remplacé le portrait du mari par le sien. « Il ne serait d'aucun prix pour vous, mon ami, ajouta-t-il, et moi je songerai qu'elle l'a possédé. » M. du Châtelet, piqué, n'hésita pas à lui en faire l'abandon. Voltaire, prenant la boîte, s'empressa de faire jouer le ressort ; l'écaille incrustée d'or se sépare, les deux rivaux découvrent un portrait !... mais quelle est leur surprise et la déception du grand homme ! ce n'était ni celui du marquis, ni celui de l'amant qui se croyait favorisé : c'était celui de Saint-Lambert. Le mari faillit en rire ; il était vengé. Le trait est *quasi* moral.

## LETTRE DE MADEMOISELLE DU NOYER

### A AROUET.

Cette lettre a été trouvée sur Voltaire quand il fut mis à la Bastille au mois de mai 1717 ; il portait encore sur lui ce gage d'amour de sa chère *Pimpette*, qu'il avait tendrement aimée quatre ans auparavant, lorsqu'en 1713 son père l'envoya à M. de Châteauneuf, ambassadeur en Hollande, où M<sup>me</sup> Du Noyer s'était retirée pour fuir son mari. Cette dame s'étant aperçue de l'in-

telligence des deux amants, s'en plaignit à l'ambassadeur, qui enjoignit à Voltaire de repartir pour la France.
On voit par le billet suivant de *Pimpette* qu'il s'était
caché à La Haye pendant quelques jours. Ce billet, dans
l'original, n'a pas un seul mot d'orthographe ; elle a été
rétablie, pour que la lettre fût intelligible.

« Dans l'incertitude où je suis si j'aurai le plaisir de
te voir ce soir, je t'avertis que ce n'étoit pas M. La
Bruyère [1] qui étoit hier chez nous. C'est une méprise
de la cordonnière, qui nous alarma fort mal à propos.
Ma mère ne se doute point que je t'ai parlé ; et grâce au
ciel, elle te croit déjà parti. Je ne te parlerai point de
ma santé : c'est ce qui me touche le moins, et je pense
trop à toi pour avoir le temps de penser à moi-même.
Je t'assure, mon cher cœur, que si je doutois de ta tendresse, je me réjouirois de mon mal : oui, mon cher
enfant, la vie me seroit trop à charge, si je n'avois la
douce espérance d'être aimée de ce que j'ai de plus cher
au monde.

« Fais ce que tu pourras pour que je te voie ce soir :
tu n'auras qu'à descendre dans la cuisine du cordon-
nier, et je te réponds que tu n'as rien à craindre, car
notre *faiseuse de quintescence* [2] te croit déjà à moitié
chemin de Paris. Ainsi, si tu le veux, j'aurai le plaisir
de te voir ce soir ; et si cela ne se peut pas, permets-
moi d'aller demain à la messe à l'hôtel (*de l'ambassade*

---

[1] Secrétaire de l'ambassade de France.

[2] Madame Du Noyer travaillait à son journal, espèce de libelle appelé *la
Quintescence*.

*de France*). Je prierai M. La Bruyère de me montrer la chapelle : la curiosité est permise aux femmes ; et puis, sans faire semblant de rien, je lui demanderai si l'on n'a pas encore de tes nouvelles, et depuis quand tu es parti. Ne me refuse pas cette grâce, mon cher Arouet, je te le demande au nom de ce qu'il y a de plus tendre, c'est-à-dire au nom de l'amour que j'ai pour toi. Adieu, mon aimable enfant ; je t'adore, et je te jure que mon amour durera autant que ma vie !

« *Signé* Du Noyer. »

Suscription :

*Pour Monsieur Arouet.*

« *P. S.* Au moins, si je n'ai pas le plaisir de te voir, ne me refuse pas la satisfaction de recevoir de tes chères nouvelles. »

*Pimpette,* déguisée en cavalier, avait été voir Arouet, qui n'avait encore que dix-sept ans. Il lui adressa cette petite pièce de vers :

> Enfin je vous ai vu, charmant objet que j'aime.
>> En cavalier déguisé dans ce jour :
>> J'ai cru voir Vénus elle-même
>> Sous la figure de l'Amour.
> L'Amour et vous, vous êtes de même âge,
>> Et sa mère a moins de beauté ;
>> Mais, malgré ce double avantage.
> J'ai reconnu bientôt la vérité :
>> Du Noyer, vous êtes trop sage
>> Pour être une divinité.

### LETTRE DU PEINTRE NANTEUIL

## A MADEMOISELLE DE SCUDÉRY.

« MADEMOISELLE,

« Votre générosité m'offense, et n'augmente point du tout votre gloire, du moins selon mon opinion. Une personne comme vous, à qui j'ai tant d'obligations, que je considère si extraordinairement, et pour laquelle non-seulement je devrois avoir fait tous les efforts de ma profession, mais avoir témoigné plus de reconnoissance à toutes ses civilités que je n'ai fait, m'envoyer de l'argent, et vouloir me payer en princesse un portrait que je lui dois il y a si longtemps ! C'est sans doute pousser trop loin la générosité et me prendre pour le plus insensible des hommes. Vous me permettrez donc, mademoiselle, de vous en faire une petite réprimande, et comme vous me permettez encore de chérir tout ce qui vient de vous, je prends volontiers la bourse que vous avez faite, et vous remercie de vos louis, que je ne crois pas être de votre façon. Cependant, si en quelque jour un peu moins nébuleux qu'il n'en fait en ce temps-ci, vous me vouliez donner deux heures de votre temps pour aller achever chez vous l'habit de votre portrait, je serois ravi de me rendre ponctuel à vos ordres ; j'aurois la liberté de vous expliquer plus franchement mes sentiments, parce que cela ne m'attacheroit pas si fort que quand on travaille au visage ; et après avoir achevé de vous rendre ce petit service, je conviendrois de m'estimer heureux, puisque vous auriez une autre vous-même près de vous qui vous persuaderoit éloquemment que je suis,

« Mademoiselle,

« Votre très-humble et très-obéissant serviteur,

« *Signé* NANTEUIL. »

## VERS DE MADEMOISELLE DE SCUDÉRY

### SUR LE PORTRAIT DU DUC DE MONTAUSIER.

C'est là de Montausier l'héroïque visage ;
C'est là son air si grand, et si noble, et si sage ;
C'est tout ce qu'il nous laisse après avoir été.
O triste souvenir ! Quand je mets tout ensemble,
Son esprit, son savoir et son cœur indompté,
Fier, bon, tendre, constant, rempli de piété,
Hélas ! je cherche en vain quelqu'un qui lui ressemble.

## FRAGMENT D'UNE LETTRE DE DELILLE

### ADRESSÉE A M. THERRESSE,

Avocat au Conseil, proche parent du possesseur de la brillante collection
d'autographes que nous venons de citer.

Constantinople, 25 mai 1785.

« ..... Je suis pressé de te remercier de ton zèle, de
ton exactitude, disons tout en un mot, de ton amitié.
Pour les bien reconnaître, je voudrais qu'on pût d'un
coup de baguette te transporter ici, et te faire jouir du
magnifique spectacle dont je jouis ; à mesure que mes
yeux reviennent, de nouvelles beautés semblent naître
pour moi : l'Europe, l'Asie, deux mers chargées de
toutes les voiles que les vents du nord et du midi font
entrer ou sortir ; tous les souvenirs de l'antiquité, sans
cesse réveillés par tous les objets ; voilà les plaisirs
dont je commence à jouir, bien imparfaitement encore,
par la faiblesse de mes yeux, mais bien vivement par
la nouveauté de ces sensations longtemps perdues pour
moi. Je ne pouvais recouvrer la vue dans aucun lieu
du monde plus à propos que dans celui-ci. Hier j'ai
fait un tour en Asie, dans un des plus beaux lieux du
monde : l'Asie était ce jour-là en habit de fête ; des
milliers de barques couvraient la mer ; la musique, le
parfum des fleurs, et, ce que j'aime mieux encore,
celui du café ; une foule de musulmans, priant, fumant,
couchés sur des carreaux et des tapis, embellissaient le

rivage; le soleil, le soleil d'Asie, que celui de Paris t'empêche d'imaginer, ajoutait à tout cela : j'étais ivre de plaisir... »

Par sa manière élégante de raconter, M. de M... avait jeté plus d'agrément encore dans une réunion dont le souvenir nous est précieux; c'est l'indemnité des veilles pour les écrivains, de pouvoir fixer les impressions qu'ils ont éprouvées; c'est aussi pour cela que nous donnerons une petite pièce de vers qui figurait parmi les autographes lus à cette soirée; elle est adressée à M<sup>me</sup> de Montespan. Tout ce qui a rapport à la cour de Louis XIV intéresse toujours la curiosité des lecteurs.

## VERS INÉDITS D'HUET, ÉVÊQUE D'AVRANCHES

### A MADAME DE MONTESPAN.

A saint Xavier je vous invite,
Nous faisons sa fête aujourd'hui;
Venez le prier au plus vîte
Et vous recommander à lui;
Chaise à bras vous sera gardée,
Par moi vous y serez guidée,
Je me mettrai derrière vous,
Et si j'osois, je vous le jure,
Sauf l'honneur de la prélature,
Je me mettrois à vos genoux [1].

[1] Les évêques d'aujourd'hui ne se permettraient pas de semblables badinages.

Si nous bornons là nos citations tirées du cabinet du savant amateur, c'est que dans un recueil destiné aux gens du monde, on ne doit qu'effleurer les sujets; aussi n'entreprendrai-je pas d'arrêter plus longtemps l'attention de mes lecteurs, par une revue plus approfondie des trésors du Bibliophile : il faudrait un volume entier pour énumérer les richesses de son musée.

Comme il est du bon ton d'avoir tout vu, il reste peu de temps au monde fashionable pour méditer; nous ne pouvons oublier non plus que nous ambitionnons de compter les dames au nombre de nos lecteurs, et pour elles les instants de l'étude sont plus courts encore; elles y suppléent, il est vrai, par la vivacité de leur esprit et la promptitude du regard qui leur fait tout embrasser d'un coup-d'œil. D'illustres dames, sont allées visiter les belles collections de M. de M., hommage fatigant, devant lequel il bat quelquefois en retraite.

# SAMEDI

## LA MUSIQUE ET LE BAL.

M<sup>lle</sup> Duchesnois, qui avait atteint les sommités de son talent dans l'art dramatique, jouissait alors en repos de sa renommée, et recevait chez elle un concours nombreux d'illustrations littéraires, de gens du monde, et même de hauts personnages des cours étrangères. Elle nous avait engagés à nous réunir chez elle le samedi. Nous allons commencer par faire la description de sa jolie demeure, située dans la nouvelle Athènes.

Les Beaux-arts semblent avoir choisi ce séjour pour leur résidence : les maisons de Talma, d'Horace Vernet, de M<sup>lle</sup> Mars, avoisinaient l'habitation de la grande artiste. Le goût qui a présidé à l'architecture de son hôtel rappelle le souvenir de ces élégantes *villa* de la molle Italie, qui s'annoncent par un beau portique, des terrasses remplies de fleurs, des oiseaux à l'éclatant plumage. L'intérieur de cette délicieuse habitation est orné des tableaux des plus grands peintres.

Le salon de M^lle Duchesnois était un des plus beaux de Paris ; aux pilastres qui soutiennent ses légers arceaux, à ses colonnes de marbre blanc, on l'aurait pris pour le temple de Melpomène. On y voyait le double portrait de M^lle Duchesnois dans le rôle de *Jeanne d'Arc*, et dans celui d'*Inès*.

La littérature et les arts contribuèrent à l'agrément de cette soirée ; il s'y trouvait aussi des étrangers venus en France pour admirer nos chefs-d'œuvre et les imiter, M^me de C... avec ses trois filles, jeunes personnes aussi charmantes que modestes et silencieuses. Elles étaient adressées à la célèbre artiste par la sœur du roi de Prusse, dont nous avons lu une lettre qui montre combien cette princesse apprécie les arts. Comme je rendais par une inclination de tête un salut qui m'était adressé avec l'expression de franchise qu'ont ordinairement les marins, c'est M. Gudin me dit M^lle Duchesnois, en me présentant le peintre dont le nom est lié avec honneur à la bataille de Navarin.

L'énergique et même un peu farouche collaborateur de M. Soumet dans la *Fête de Néron*, M. Belmontet, était à cette soirée ; il me parla de la saisie du journal où est inséré le *Mont-Valérien*, et il s'offrit à soutenir ma cause sans paraître effrayé de *l'alliance monstrueuse* qui résulterait d'un écrivain de *la Tribune* défendant l'auteur compromis dans l'*Echo de la jeune France*. Cette différence de religion politique anima l'entretien ; nous l'interrompîmes pour entendre les chants délicieux de

M<sup>me</sup> Damoreau Cinti, artiste de l'Académie Royale de Musique, dont la complaisance accrut encore le charme qu'on prenait à ce concert.

— Que chanterai-je? dit-elle en se plaçant au piano, de l'italien ou des romances françaises?

Les *dilettanti* n'auraient pas balancé; par égard, personne ne se prononçait. « Mais..., du français » , reprit un célèbre médecin qui n'était pas musicien.

M. Listz remplaça M<sup>me</sup> Damoreau. Que d'inspiration dans son jeu! Le clavecin, sous ses doigts, devenait un instrument nouveau! le rapide improvisateur semblait avoir quitté la terre; son imagination parcourait une région d'harmonie.

« C'est sublime! » s'écria avec enthousiasme M. Alibert; puis tout-à-coup entendant sonner dix heures à la pendule, et se tournant vers moi :

— Ma chère enfant, me dit-il, il faut songer à s'en aller. — Ah! monsieur le baron, il est de si bonne heure! — Et mon hôpital Saint-Louis, donc, pour demain! et mes consultations! Suivant le docteur, il serait plus salutaire à la santé de terminer les soirées à dix heures, précisément comme on les commence. Il devait nous ramener; M<sup>me</sup> Desbordes Valmore nous demanda si nous voulions qu'elle fût du voyage; la réponse n'était pas douteuse. Cependant M<sup>me</sup> Damoreau Cinti s'était avancée vers le piano; M. Listz l'accompagnait dans un duo, dont la musique est d'un jeune mélomane qui sacrifie, dit-on, à l'amour de la composition un brillant avenir de fortune. — Ce morceau peut se prolonger, me dit le docteur; et mes visites? —

Mon Dieu! qu'il entre peu de poésie dans la tête d'un
médecin! — Femme charmante, il faut du positif aux
malades ; je n'en guérirais aucun avec des chansons.
Pendant ce colloque, le duo allait toujours ; à peine
fut-il achevé : — Prévenez M<sup>me</sup> Valmore, me dit
M. Alibert. — Encore un instant. — Impossible, ma
chère enfant ; mais, puisque vous aimez la musique,
nous prierons, dans la voiture, M<sup>me</sup> Marceline de chanter. En effet, avec une voix douce et étendue, elle
nous fit entendre ces jolies stances dues à son inspiration.

## L'AIME.

Lasse de douleur,
D'espoir obsédée,
D'une fraîche idée,
D'un amour en fleur,
On dirait qu'une âme,
M'embrassant toujours
De ciel et de flamme,
Me refait des jours!


« Tout s'effeuille au vent »,
Osent-ils me dire ;
Vie! à te médire
On se plaît souvent ;
Car je sens qu'une âme,
M'embrassant toujours
De ciel et de flamme,
Me refait des jours!

8

Dans ton souvenir,
Toi qui me recèles,
As-tu pris des ailes
Devant l'avenir?...
Car je sens qu'une âme,
M'embrassant toujours
De ciel et de flamme,
Me refait des jours!


N'es-tu pas dans l'air
Quand l'air me caresse?
N'es-tu pas l'ivresse
Qui luit sous l'éclair?...
Car je sens qu'une âme,
M'embrassant toujours
De ciel et de flamme,
Me refait des jours!

(M<sup>me</sup> VALMORE.)


La voiture s'étant arrêtée sur le boulevard, les sons éoliens se turent; la femme poëte descendit, et la brise du soir nous reporta l'adieu qu'elle prononça, lorsque la lourde porte cochère se referma sur ses gonds.

J'étais de retour chez moi avant onze heures, songeant à la soirée de musique, regrettant de n'être pas restée jusqu'à la fin; toutefois, je n'avais aucune envie d'appeler le sommeil, temps perdu de la vie.

Une invitation de bal m'avait été adressée pour ce

même jour ; eh, vite ! mon *chapel* de fleurs et de rubans ; substituons une parure légère aux tissus de ca-
chemire et de soie.

J'arrivai chez M^me de T... au moment où la fête était
dans son plus grand éclat ; seulement les listes des
dames étaient déjà remplies par les noms des danseurs
inscrits sur l'éventail, ce qui pouvait gêner un peu la
liberté du choix.

L'érudit M. X... était à ce bal avec son air fantastique
et son parler lent d'amour ; il m'engagea pour le quadrille suivant ; je lui promis le troisième.

M. X... est un savant distingué, il écrit dans toutes
les langues ; le catalogue de sa bibliothèque ne se forme
que de deux volumes : la *Bible* et l'*Alcoran*. « Madame,
me dit-il après que j'eus dansé avec lui : *La vie se compose de jouissances trompeuses.*

— Est-ce dans l'*Alcoran*, monsieur, que vous avez
puisé cette maxime ? — Oui, madame, reprit-il ; on y
trouve même des consolations. » Je souris ; il s'éloigna
en disant : « Elle rit ; ah ! les femmes...! » Le bal
dura jusqu'au jour ; il ne restait que le petit nombre
privilégié d'amis, d'hommes spirituels, de jolies ou
d'aimables femmes, ce qui est presque synonyme ; ceux
enfin à qui la maîtresse de la maison avait dit tout bas :
Restez, nous souperons.

C'est si amusant, un souper ! Combien sont piquantes les anecdotes qu'on y raconte pour prolonger
la veillée, et que Voltaire nous eût donc semblé classique, quand il dit : Que le ciel, pour adoucir les
**maux** de cette courte vie,

. . . . . . . . . . . . . . . . . . . . . . . . . . . . . . . . . . . . . . . .

A placé près de nous deux êtres bienfaisans :

. . . . . . . . . . . . . . . . . . . . . . . . . . . . . . . . . . . . . .

L'un est le doux sommeil et l'autre l'espérance...

L'espérance ! à la bonne heure ; mais assurément personne n'aurait regardé comme un bienfait de s'endor-
mir ; non, pas même cette jolie rêveuse dont le colonel B... respirait avec distraction le bouquet de la
veille, déjà fané au matin, et qui s'informa ingénu-
ment, après un récit bizarre, de quoi on riait. « Madame... dort, s'empressa de dire avec une attention
hospitalière M<sup>me</sup> de T... ; ce n'est pas étonnant, elle a
tant dansé. » Beaucoup dansé, il est vrai ; mais elle
ne dormait pas.

L'heure rendit ce souper un déjeuner matinal : le
bruit étourdissant de la fête avait disparu ; le plaisir,
qui craint la foule, accourut alors parmi les convives,
sur ses ailes brillantées et à mille facettes aux couleurs
d'Iris, ce qui signifie que le plaisir est changeant. Occupée, au retour du bal, à récapituler par le nom de
mes danseurs le nombre des contre-danses, qui
n'avaient eu pour moi d'autre interruption que celle
de l'*échevelé* galop, fixant par la pensée le souvenir de
ces réunions, tableaux si variés, que l'on chercherait
inutilement ailleurs qu'à Paris, le mouvement redoublé de la voiture, qui changeait de chemin, m'arracha
à ces frivolités mondaines...

Le char de fête se détournait pour laisser un libre
passage à un char funèbre que le prêtre, en blanc sur-

plis, attendait avec le rameau bénit sur le seuil de la maison de Dieu, à la Madeleine.

Le retentissement de la cloche appelait la dernière prière du chrétien sur la tombe glacée d'un chrétien comme eux, et le cortége recueilli s'avançait lentement.

Je reconnus la livrée d'une jeune femme que, huit jours auparavant, j'avais rencontrée dans le monde, brillante de parure et de beauté; aujourd'hui!... la maxime de l'*Alcoran* s'offrit à mon imagination, et je répétai dans le silence de mon cœur :

« La vie ne se compose que de jouissances trompeuses. »

Il nous est permis d'ajouter : peu durables, en songeant à ceux qui n'existent déjà plus depuis que nous avons tracé ces légers souvenirs : leur mémoire nous sera toujours chère, et il nous est doux de consigner ici leurs noms; on retrouve avec plaisir ses anciennes connaissances quand les instants qu'on a passés ensemble ont été agréables, et on dépose des fleurs et des regrets sur la tombe des amis qui ne sont plus.

M. Alibert, M. Roger, de l'Académie française, M^lle E. Mercœur, M. A. Soumet, M^lle Duchesnois, l'auteur de l'*élégie du Petit Savoyard*, Gustave de Lanoue, et tant d'autres dont les noms n'étaient pas inscrits dans les fastes littéraires ou artistiques, ont disparu jeunes encore de la scène du monde.

Je dois à l'intérêt bienveillant de MM. Soumet et

Monmerqué d'utiles conseils pour mes ouvrages; leur amitié accueillait mes pages effeuillées à mesure qu'elles sortaient de ma plume. M. Villemain m'ayant un jour demandé qui m'avait appris à écrire, je lui nommai les deux amis. — Vous avez eu là, madame, deux grands maîtres, reprit l'ancien ministre.

M. Soumet conserva jusqu'à la fin de sa vie le feu sacré qui l'animait. Voulant lui communiquer quelque nouvel essai, comme il ne sortait plus, je lui écrivis pour aller lui lire mon travail; les deux lignes que sa main débile put tracer sont encore empreintes d'images.

— « Oui, madame, le charbon éteint que vous appelez votre soleil, sera demain aux ordres de l'étoile. »

Mⁱⁱᵉ Duchesnois précéda dans la tombe M. A. Soumet; vers la fin de la longue maladie qui l'enleva, je lui envoyai mon album pour qu'elle y joignît un autographe : elle écrivit les vers suivants de Marie Stuart, que je ne pus lire sans attendrissement, en songeant à la position de la grande artiste.


C'en est fait maintenant, je suis prête à partir.
Ô mon Dieu, s'il est vrai que, dans ta grâce immense,
Le repentir ait place auprès de l'innocence,
Regarde avec bonté ce moment solennel,
Et daigne m'accueillir dans ton sein paternel.
Cette douce espérance en mourant me console.


« Autrefois j'ai fait verser des pleurs en disant ces

vers; aujourd'hui je les répète pour moi-même avec reconnaissance. »

L'archevêque de Paris assista la célèbre tragédienne dans ses derniers moments.

# LA REPRÉSAILLE

Le bon  sens du maraud  quelquefois m'épouvante.
(LA FONTAINE.)

## PERSONNAGES.

LE COMTE DE BLOSSANGE.
LA COMTESSE DE BLOSSANGE.
JACQUES, fermier du Comte.
MARGUERITE, sa femme.
JACQUELINE, fille de Jacques et de Marguerite.
MATHURIN, garçon de ferme.

La scène se passe au château du comte de Blossange.

La baiser et je ne le retiens plus

# LA REPRÉSAILLE

*Le théâtre représente un salon d'été, orné de cases et de jardinières remplis de fleurs.*

## SCÈNE I.

LA COMTESSE, *seule, assise, tenant un livre ouvert qu'elle pose sur ses genoux ; elle bâille.*

Je ne hais rien tant que la lecture d'un livre sérieux ; des romans, des nouveautés à la bonne heure, car à la campagne, il faut lire ou se promener ; mais tout cela est d'une monotonie ! (Elle bâille.) J'ai beau ici ne me lever qu'à midi, comme à Paris, la journée me semble encore d'une longueur ! la société qu'on y voit est si peu amusante ! Les hommes, toujours le fusil sur l'épaule : les femmes, ah ! pour celles-là, je ne pense pas qu'il me prenne envie de les imiter : (Elle rit.) elles se lèvent à six heures du matin : c'est d'une bourgeoisie ! Pour moi, je mourrais d'ennui s'il fallait m'occuper des soins qu'elles prennent ; car, sans rien faire, je me sens souvent fatiguée. (Elle reprend sa lecture, qu'elle interrompt encore pour bâiller.) Je crois, en vérité, que j'ai un peu de fièvre ; au fait, je me sens souffrante depuis quelques jours : j'éprouve des frissons. A Paris, je voyais mon médecin tous les jours : cela tranquillise, du moins, cela distrait ; si j'envoyais chercher celui du village ? j'ignore s'il est habile ; après tout, il en saura toujours peut-être assez pour me guérir. Mais voici Jacqueline, la fille du fermier... Quel air de fraîcheur ! Sont-ils heureux ces gens-là, avec leur bonne santé !...

## SCÈNE II.

LA COMTESSE, JACQUELINE, *portant un panier à son bras.*

JACQUELINE : *elle accompagne toujours son dialogue de plusieurs révérences.*

Pardon, not' dame, c'est que, voyez-vous, je vous apportons des œufs frais et de la crème que j'avons recueillis nous-même.

LA COMTESSE, *avec bienveillance.*

Je te suis obligée, mon enfant ; il faudrait aussi me donner un peu d'appétit avec ces bonnes choses.

JACQUELINE.

Comment, madame, vous n'avez pas d'appétit? vous qu'avez de si beau pain blanc! Rien que de l'voir, d'y penser seulement, j'croirions avoir faim.

LA COMTESSE.

Eh bien, je veux faire un échange avec toi. (Elle sonne ; un domestique entre.) Prenez le panier de Jacqueline, et, après en avoir retiré ce qu'il contient, vous le remplirez de gâteaux. (Le domestique sort.)

JACQUELINE.

Je ne vous refuse pas, madame la comtesse ; ce sera pour mon vieux grand-père. Mais, pour en revenir, vous êtes donc ben malade, que vous ne mangez pas ?

LA COMTESSE.

Oui, mon enfant, et je veux que tu ailles dire au médecin de venir me voir.

JACQUELINE.

Le médecin ! je n'en connaissons pas dans not' village.

LA COMTESSE, avec surprise.

Cependant, lorsqu'on y est malade, qu'on souffre.

JACQUELINE.

Ah ! quand y en a qui s'cassent un bras ou une jambe, à la charrue ou dans la meule du moulin, ils font venir, alors ; mais, dame ! faut qu'il y ait du danger.

LA COMTESSE.

Qui appellent-ils donc alors ?

JACQUELINE.

Ils envoient chercher le maréchal.

LA COMTESSE.

Qui ferre les chevaux ?

JACQUELINE.

Dame ! oui ; c'est lui encore qu'arrache les dents. Mais si vous vouliez ben, madame la comtesse, m'est avis que vous vous porteriez tout comme moi.

LA COMTESSE.

Que faudrait-il faire pour cela, Jacqueline ?

JACQUELINE.

Oh ! quant à ça, ce n'est pas difficile ; voici ce que je faisons : nous nous levons, nous deux ma mère, avec le soleil ; je faisons nos quatre repas par jour : le déjeuner, le dîner, le goûter, puis le souper ; et quand vient la veillée, dame ! c'est le plus agréable de toute la journée, ça ; mon père et Mathurin reviennent des champs, ma mère et moi je filons, on chante ; queuquefois, c'est toujours le dimanche, on fait rôtir des marrons, ensuite on jase, on rit ; et… dame ! v'là tout ; et puis… on va se coucher…

**LA COMTESSE.**

Très-satisfait de la journée.

**JACQUELINE,** *souriant.*

On n'est pas fâché d'aller reposer ; quoique ça, Mathurin et moi nous nous regardons… puis nous nous regardons ; Mathurin a l'air triste, moi je ris, parce que c'est signe qu'il m'aime.

**LA COMTESSE.**

Il te l'a dit ?

**JACQUELINE,** *avec assurance.*

Plus de cent fois.

**LA COMTESSE,** *à part.*

Décidément, ces gens-là sont beaucoup plus heureux que nous, les convenances ne les assujettissent en rien. (Haut.) Et toi, Jacqueline, aimes-tu Mathurin ?

**JACQUELINE,** *souriant.*

Faut ben me le demander, madame ? on aime qui nous aime.

LA COMTESSE.

C'est naturel. A quand la noce ?

JACQUELINE.

Nous ne devions nous marier que cet été, vers la
moisson, et puis v'là que Mathurin, qui est toujours
pressé, lui, ne cesse de tourmenter mon père : je ne
sais s'il s'y décidera ; mais vous devriez ben li en dire
un petit mot, vous, madame la comtesse, qu'êtes si
bonne ; mon père a tant de confiance quand vous li
parlez ! Dame ! c'est pour Mathurin, ce que j'en dis.

LA COMTESSE, *souriant.*

Sans doute, et je te promets de servir Mathurin.

JACQUELINE, *lui baisant la main.*

Que vous êtes bonne ! Je vais le chercher pour qu'il
vienne vous remercier lui-même. (Elle sort sans attendre la
réponse.)

LA COMTESSE, *seule.*

Je gagerais bien qu'elle ne reviendra pas de sitôt :
les amoureux ont tant de choses à se dire ! Mais admirez
si tout n'est pas pour ces gens-là ! Cette jeune paysanne
désire entretenir son amant, eh bien ! rien ne l'empêche d'aller le trouver ; tandis que, tristement assise
dans un beau salon, la femme du monde attend... quelquefois en vain ; et presque toujours, lorsqu'on vou-

drait causer avec confiance, arrivent les visites… Mais
le comte ne revient pas : me laisser si longtemps seule!
Je me sens d'une humeur aujourd'hui…

## SCÈNE III.

### LE COMTE, LA COMTESSE.

LE COMTE, *en entrant, se jette nonchalamment sur un divan.*

Je suis excédé de fatigue : j'ai fait au moins deux
lieues ce matin, en visitant la partie du parc qui conduit à la glacière.

LA COMTESSE.

Deux lieues! Ce ne serait rien pour gros Jacques,
votre fermier.

LE COMTE.

Mon fermier! la comparaison est heureuse !

LA COMTESSE.

Jacques est un fort honnête homme.

LE COMTE.

Honnête homme, sans doute; mais c'est un fermier.

9

LA COMTESSE, *avec ironie.*

Pardon, monsieur le comte, de ne pas vous avoir comparé à vos pairs.

LE COMTE.

Il ne s'agit pas de cela, madame ; mais un gentilhomme ne saurait être habitué...

LA COMTESSE, *riant.*

A marcher.

LE COMTE.

Serait-ce à la comtesse de Blossange à plaisanter ainsi ?

LA COMTESSE.

Entre nous, pourquoi non ? lorsque recherchant en moi la fille d'un estimable négociant, vous montrâtes qu'une raison supérieure vous guidait !

LE COMTE.

Vous êtes trop modeste, madame : vous me parûtes belle.

LA COMTESSE.

Moi, je vous crus généreux dans vos opinions.

LE COMTE.

Libéral, peut-être?

LA COMTESSE, *piquée.*

L'emploi que vous voulûtes faire de la dot prouva le
contraire.

LE COMTE.

Aussi, malgré mes instances, je n'ai pu obtenir de
votre père qu'elle fût employée à me faire rentrer dans
les terres qu'avaient possédées mes ancêtres.

LA COMTESSE.

Pour cela, devait-il vendre ses usines?

LE COMTE, *avec dédain.*

Des forges! des moulins!

LA COMTESSE.

Cela vaut mieux que des châteaux en ruines, pour
établir des majorats.

LE COMTE.

On s'afflige de renoncer à ce beau parc, où jadis un
roi de France se reposa au retour d'un combat. Les
anciennes familles apprécient de pareils souvenirs historiques.

LA COMTESSE, *à part.*

Combien il est pénible de s'opposer aux vœux d'un époux qu'on aime ! Cependant l'orgueil doit-il l'emporter !

LE COMTE.

Je vais écrire à Paris, madame ; vous n'avez rien de particulier pour nos enfants ?

LA COMTESSE, *tristement.*

Non ; mais quand je songe à ma Léonie, si jeune encore, dans une pension, quand j'aurais pu la garder encore long-temps auprès de moi !

LE COMTE.

Je prétends que ma fille reçoive une éducation brillante et digne du nom qu'elle porte.

LA COMTESSE.

Il est vrai que je n'aurais pu lui apprendre qu'à vous chérir, monsieur le comte.

LE COMTE, *attendri.*

Si j'étais assuré qu'elle te ressemblât ! (Souriant.) Cependant, vous possédez, madame, beaucoup trop de raison pour une femme titrée.

LA COMTESSE, *souriant.*

C'est donc déroger ?

LE COMTE.

Allons, tu es charmante, ma chère amie ; que ce soit là notre dernière querelle, pour des chimères.

LA COMTESSE.

Nos différends sont des chimères, et voilà la réalité.
(Elle l'embrasse.)

## SCÈNE IV.

LE COMTE, LA COMTESSE, MARGUERITE.

MARGUERITE, *regardant le comte et la comtesse s'embrasser.*

Sont-ils heureux, les gens riches ! mon pauvre homme, lui, était aux champs qu'il ne faisait pas tant seulement jour.

LE COMTE, *apercevant Marguerite.*

Tiens, voici la fermière qui a sans doute à te parler ; je vous laisse. (Il sort.)

MARGUERITE.

Ah mon Dieu ! madame, mille excuses ; c'est moi qui fais en aller M. le Comte.

LA COMTESSE.

Non, non, Marguerite ; il me quitte pour aller écrire à nos enfants.

MARGUERITE.

Ma bonne Jacqueline a toujours resté avec nous.

LA COMTESSE.

C'est un avantage de votre position sur la nôtre, ma chère Marguerite, de ne pas se séparer de ses enfants.

MARGUERITE.

Pourtant, n'y a qu'à vouloir, me semble.

LA COMTESSE.

L'éducation qu'on désire leur donner nous oblige à faire ce sacrifice.

MARGUERITE.

Mais pourvu qu'ils en sachent autant que leurs parents. C'est moi qui ai montré à Jacqueline à filer, à faire des fromages, à battre le beurre; Jacques, lui, mène tous les jours Mathurin, notre futur gendre, au labourage. M. le comte est savant; il pourrait montrer à ses fils ce qu'il a appris dans son école; et vous donc, madame la comtesse, qui faites de si jolie musique avec c'te machine qui a tant de cordes d'argent.

LA COMTESSE.

On désire toujours mieux pour ses enfants.

**MARGUERITE.**

Eh mon Dieu! madame la comtesse, les enfants
s'en croient toujours bien assez au-dessus de nous.
Du reste, c'est pas les enfants de madame, qui sont si
bien élevés; c'est pas non plus beaucoup Jacqueline.
A propos d'elle, je venions, madame, vous prier de
nous prêter la grande grange, où ce qu'on dépose les
gerbes.

**LA COMTESSE.**

Très-volontiers : c'est Valentin qui en a les clefs;
vous pouvez les lui demander. Mais je croyais les ré-
coltes rentrées.

**MARGUERITE,** *riant.*

Rentrées! je le crois bien, madame, à la mi-sep-
tembre ! c'est pour la noce de Jacqueline; c'te jeunesse
voudra danser, et...

**LA COMTESSE**

Le jour est donc très-prochain?

**MARGUERITE.**

Jacqueline et Mathurin n'en savent rien encore;
c'est une surprise que nous voulons leur donner tout
d'un coup.

**LA COMTESSE.**

Mais ne serait-il pas mieux de prendre la grande

salle des vendangeurs? elle est plus grande et plus gaie; vous y seriez mieux, enfin.

**MARGUERITE.**

Je n'osions pas la demander à madame la comtesse.

**LA COMTESSE.**

Pourquoi cela? Allons, suivez-moi, ma chère Marguerite, je vais donner des ordres; j'aime Jacqueline, et je veux présider moi-même à cette fête. (Elles sortent.)

## SCÈNE V.

JACQUELINE, *qui entre en s'avançant sur la pointe du pied.*

J'crois que c'était ma mère qui jasait là avec M^me la comtesse; que j'ai donc ben fait de dire à Mathurin de se tenir caché dans la charmille du jardin jusqu'à tant que je l'appelle! car elle me dit toujours comme ça, ma mère, que je faisons perdre le temps à ce garçon : Mathurin dit, lui, que de me voir ça li donne du cœur : lequel qu'a raison? Dame! aussi faudrait nous marier... Mais M^me la comtesse ne revient pas; faisons signe à Mathurin, par c'te croisée, de ne pas s'ennuyer. (Elle ouvre la fenêtre; le comte entre.)

## SCÈNE VI.

### LE COMTE, JACQUELINE.

#### LE COMTE.

Mais n'est-ce pas Jacqueline que j'aperçois à cette fenêtre ? (Il s'avance vers elle, et la prend par la taille.) Bonjour, ma belle enfant.

#### JACQUELINE, se retournant.

Bon Dieu, monsieur le comte ! vous m'avez fait peur.

#### LE COMTE.

Que regardais-tu donc dans la charmille ?

#### JACQUELINE, avec embarras.

Je regardions... je regardions un rossignol qui chantait.

#### LE COMTE.

Je crois que tu songes moins aux rossignols qu'aux amoureux. Dis-moi, Jacqueline, en as-tu beaucoup ?

#### JACQUELINE.

Des amoureux !

#### LE COMTE.

Oui, des amoureux ; une jolie fille comme toi ne doit pas en manquer.

JACQUELINE, *roulant son tablier dans ses doigts.*

Dame! monsieur le comte, j'avons guère le temps d'en avoir ; à la ferme gnia tant d'ouvrage.

LE COMTE.

De l'ouvrage! mais je ne prétends pas qu'une aussi charmante fille se fatigue à travailler; et si tu veux, puisque tu aimes à entendre chanter le rossignol dans la charmille, viens tous les jours t'y reposer. Je l'exige ; car je t'aime, Jacqueline.

JACQUELINE.

C'est trop d'honneur pour moi, monsieur le comte.

LE COMTE.

Allons , promets-moi de venir, et laisse-m'en prendre un gage. (Il veut l'embrasser, au moment où quelques cailloux, lancés du dehors, retombent dans l'appartement.) Oh ! oh ! qu'est ceci ?

JACQUELINE.

Ce sera queuque petiot du jardinier, qui s'amuse.

LE COMTE, *regardant par la fenêtre.*

Ce petiot m'a tout l'air d'un gros gaillard, qui se cache dans un arbre.

JACQUELINE, *affectant un air effrayé.*

Queuque voleur ! je vas dire à mon père d'y prendre garde.

LE COMTE, *la retenant.*

Non pas, non pas, s'il te plaît; on ne me quitte pas
comme cela.

JACQUELINE.

Faut pourtant que je m'en aille, ma mère me gronderait.

LE COMTE.

Un baiser, et je ne te retiens plus.

JACQUELINE, *à part.*

Queu guignon! Mathurin qui m'attend là-bas. (Haut.)
Mais, monsieur le comte, songez à madame...

LE COMTE.

Tu es si jolie! voilà mon excuse. (Riant.) Allons, votre
liberté à ce prix, mademoiselle Jacqueline.

JACQUELINE.

Ma liberté! je saurons-la reprendre peut-être. (Elle
essaie de s'échapper; le comte la prend dans ses bras et l'embrasse.)
Heureusement que Mathurin est resté là-bas. (La comtesse entre.)

## SCÈNE VII.

LE COMTE, JACQUELINE, LA COMTESSE, *ensuite*
MATHURIN.

LE COMTE, *avec assurance, s'avançant vers la comtesse.*

Vous devriez, ma bonne amie, attacher Jacqueline

au service de votre maison, puisque vous protégez sa famille.

LA COMTESSE.

Mieux que cela! je songe à la marier.

LE COMTE.

La marier! Avec qui? Je veux qu'elle soit heureuse.

LA COMTESSE, *souriant en regardant Jacqueline.*

Oh! je ne prétends pas non plus forcer son inclination; demandez-lui plutôt vous-même.

LE COMTE.

Il est vrai, Jacqueline, que vous aimez quelqu'un?

JACQUELINE.

Dame! monsieur le comte, j'avons dix-huit ans pour cela.

LE COMTE, *à part.*

La friponne! Comme son langage est différent devant la comtesse! Fiez-vous donc à la naïveté des bergères! (Haut.) Peut-on, sans indiscrétion, demander le nom du futur mari? Un joli garçon, sans doute?

JACQUELINE, *riant, et désignant avec la main quelqu'un dans le jardin.*

Il n'est pas vilain; regardez-le dans la charmille, qui se promène.

LE COMTE, *jetant un coup-d'œil par la fenêtre.*

C'est Mathurin! (A part.) Voilà, j'en suis sûr, le rossignol qu'elle écoutait chanter, quand je suis entré dans le salon.

LA JACQUELINE, *avec intention.*

Et puisque vous permettez, monsieur le comte, je viendrons tous les jours nous reposer dans c'te jolie charmille.

LA COMTESSE.

Si cela te fait plaisir.

LE COMTE, *avec dépit.*

Je veux la faire arracher !

LA COMTESSE, *avec étonnement.*

Détruire une charmille qui est si bien venue, qui fait le plus grand agrément du jardin, par l'ombrage et la fraîcheur qu'elle maintient au milieu de l'ardeur brûlante de l'été !

JACQUELINE, *toujours avec intention.*

Elle est si épaisse, que queuque voleur pourrait bien se nicher dans les grands arbres.

LE COMTE, *à part.*

Décidément, elle se moque de moi. Ah ! candeur des champs ! J'enrage...

LA COMTESSE.

Mais pourquoi donc Mathurin n'est-il pas monté avec toi ?

JACQUELINE.

Je venions tous deux ; vl'à, comme ça, que j'avons entendu ma mère qui parlait avec madame la comtesse. J'ai dit à Mathurin de m'attendre dans la charmille : je suis venue, et je n'ai plus trouvé que M. le comte.

LA COMTESSE.

Il faut appeler Mathurin : j'ai à te parler devant lui.

JACQUELINE.

Je n'demandons pas mieux. (Jacqueline s'approche de la fenêtre, et crie de toutes ses forces :) Mathurin ! Mathurin ! Eh ben donc, il ne répond pas ; ç'tapendant je le vois là, tout près de la fenêtre ! (Elle recommence à appeler.) Mathurin ! Mais, qu'a-t-il donc ? il n'a pourtant pas coutume d'être sourd quand j'l'appelons.

LE COMTE, appelant.

Mathurin ! Mais c'est une vraie statue que ce garçon-là ; il ne bouge non plus qu'un terme. C'est donc le préféré ?

JACQUELINE, sans prendre garde à ce que lui dit le comte.

J'y tiens plus, je vas y voir. (Elle va pour sortir ; la comtesse s'approche elle-même de la croisée.)

LA COMTESSE, avec inquiétude.

Que lui est-il donc arrivé ? (Elle appelle.) Mathurin !

MATHURIN, du dehors.

Me v'là, madame la comtesse !

JACQUELINE, *regardant par la fenêtre.*

Bon ! le v'là qui vient.

LE COMTE, *à part.*

Pourquoi donc ne pas nous répondre, à Jacqueline et à moi ? si un pareil rustaud était capable d'avoir des idées, je croirais... Mais le voici.

MATHURIN, *s'inclinant respectueusement.*

Madame la comtesse...

LE COMTE.

Bonjour, mon ami.

MATHURIN, *relevant la tête*

Salut, monsieur le comte.

LA COMTESSE.

Je voulais, Mathurin, vous annoncer une bonne nouvelle : Jacques le fermier et Marguerite sa femme vous accordent leur fille ; le mariage doit se célébrer, sous trois jours, dans la chapelle du château. Je me charge du trousseau de la mariée.

MATHURIN, *tirant son chapeau.*

Grand merci, madame la comtesse ; c'est qu'à présent je ne voudrions plus nous marier.

JACQUELINE, *s'avançant vers Mathurin.*

Comment ! tu refuses ?

**MATHURIN.**

Je ne disons pas cela... mais c'est za une condition cependant.

**LE COMTE.**

Et laquelle ? Ce garçon-là est singulier.

**MATHURIN,** *au comte.*

Justement que ça vous regarde, monsieur le comte.

**LE COMTE.**

Moi ! la chose est étrange.

**MATHURIN.**

Pas tant que vous le disez.

**JACQUELINE.**

Queuque c'est donc ?

**MATHURIN.**

Ne faites pas tant la fière, vous, Jacqueline.

**LA COMTESSE,** *à part.*

Je me sens troublée ; le comte, Jacqueline, ont l'air interdit.

**LE COMTE.**

Enfin, explique-toi.

**MATHURIN.**

Il faut auparavant que madame la comtesse y consente aussi.

LA COMTESSE, *à part.*

Bon ! cela me rassure, dès que j'en suis. (Haut.) Pour ce qui est en mon pouvoir, Mathurin, je consens de tout mon cœur.

LE COMTE, *à part.*

Où diable ce rustre-là veut-il en venir ?

MATHURIN.

Eh ben, voilà ma condition : c'est que je n'épouse-rons Jacqueline qu'après avoir eu l'honneur de donner un baiser à madame la comtesse.

LE COMTE. *avec emportement.*

Embrasser ma femme... maraud ! insolent ! Je ne sais ce qui retient mon bras... (Il fait quelques pas vers Mathu-rin, qui ne paraît pas s'en émouvoir.)

LA COMTESSE, *passant entre eux deux.*

Doucement, monsieur le comte : il a sans doute une idée ; quelque folle qu'elle nous paraisse, laissons-le s'expliquer.

JACQUELINE, *pleurant.*

Mais est-il donc bête de mettre tout le monde ainsi contre nous !

MATHURIN, *contrefaisant le comte dans ce qu'il disait précédemment.*

Le mariage à ce prix, mademoiselle Jacqueline.

LA COMTESSE.

Mathurin, songez donc...

MATHURIN, *du même ton.*

Vous êtes si jolie, madame la comtesse! voilà mon excuse.

LE COMTE, *à part.*

Ah ! je devine ; le rustre faisait le guet...

JACQUELINE, *d'un ton suppliant, au comte et à la comtesse.*

Monsieur le comte, madame la comtesse, puisque vous m'voulez du bien...

LA COMTESSE.

Nul doute, mon enfant ; mais j'avoue que l'extravagance de la demande de Mathurin me fait craindre pour sa raison. (A part.) Ceci m'inquiète, et j'aurais vraiment peur qu'il ne fût devenu fou.

MATHURIN, *secouant la tête.*

Mon bon sens! Ah ! soyez ben tranquille, madame la comtesse ; je ne sommes pas plus fou qu'un autre, que M. le comte, par exemple ! Est-ce qui ne se plaît aux jolies femmes, lui ?

LE COMTE. *à part.*

Il va tout dire, le sot ! (Haut.) Enfin, madame, quelque extraordinaire que puisse nous paraître la prétention de Mathurin, dès que le bonheur de Jacqueline, que vous aimez, y est attaché, c'est à vous seule qu'il appartient de décider.

LA COMTESSE.

Ainsi, vous consentiriez, monsieur le comte?...

LE COMTE, *avec dépit.*

Sans doute... comme on ne doit attacher aucune importance à un baiser... à une folie...

JACQUELINE.

Entends-tu, Mathurin, faut pas attacher d'importance à un baiser.

MATHURIN.

C'est bien entendu. Ainsi, vous permettez, monsieur le comte... (Il s'avance vers la comtesse.)

LE COMTE, *poussant Mathurin, et détournant les yeux*

Va donc, maraud. (A part.) Que ne m'est-il permis de lui donner cent coups de bâton, au lieu de lui laisser embrasser ma femme !

LA COMTESSE.

Réfléchissez, Mathurin, il est encore temps.

MATHURIN, *s'inclinant respectueusement jusqu'à terre.*

Dieu me garde de vouloir chagriner une aussi bonne dame que madame la comtesse ; je savons trop le respect que je li devons pour oser jamais...

LE COMTE, *revenant.*

Le traité est conclu ? Il épouse Jacqueline ?

MATHURIN *avec malice.*

Oui, monsieur le comte.

LA COMTESSE, *riant.*

Il s'est désisté de la condition.

LE COMTE.

Je le crois bien.

MATHURIN.

Oui; mais ce que j'ons fait, je l'ons fait pour madame la comtesse.

JACQUELINE.

Ce cher Mathurin! il ne veut embrasser que moi.

MATHURIN, *hochant la tête.*

De même que toi...

JACQUELINE, *lui mettant la main sur la bouche.*

Oh! quant à ça, c'est juste; je ne vas pas à l'en-
contre.

LE COMTE, *à part.*

Le sot! Quelle leçon! (Haut.) Puisque la comtesse
s'est réservé le soin du trousseau, je me charge, à mon
tour, d'offrir un présent aux mariés.

MATHURIN.

Vous êtes trop bon, monsieur le comte! Grand
merci de vos présents; j'ons des bras, je sommes jeunes,
nous travaillerons pour madame la comtesse...

JACQUELINE.

Alle a déjà tant fait pour nous! je li dois un bon
mari. (Elle saute de joie.)

MATHURIN, *la regardant tendrement.*

Et moi donc! une petite femme que j'aimons plus que nous-même.

LA COMTESSE.

C'est cela, mes bons amis : pour être heureux, aimez-vous toujours l'un et l'autre ; que le travail et la vertu servent à maintenir la paix dans votre ménage, et laissez-nous le plaisir si doux de pouvoir y répandre quelques-uns des légers dons de la fortune.

LE COMTE, *souriant.*

Voilà une exhortation digne d'un jour de mariage.

MATHURIN.

Pourquoi le bon Dieu n'a-t-il pas voulu que ce fût aujourd'hui !

JACQUELINE, *à la comtesse.*

Je vous le disions bien ce matin, madame ; Mathurin tourmente toujours...

LE COMTE.

C'est bien naturel ; et je prétends hâter son bonheur : me refuseras-tu encore cela ?

MATHURIN.

Oh ! pour c'te générosité, j'acceptons de bien bon cœur, monsieur le comte.

LE COMTE.

Eh bien donc, va chercher le notaire; je me charge du consentement de Gros-Jacques.

LA COMTESSE.

Je suis assurée d'avance de celui de Marguerite.

MATHURIN.

J'y cours à l'instant.

JACQUELINE.

Attends-moi donc, j'irons ensemble.

LA COMTESSE.

Mathurin seul reviendrait plus vite.

LE COMTE, *souriant.*

Oui; mais l'on cause en marchant.

LA COMTESSE.

Oui; mais on se retarde.

JACQUELINE.

Bon quand j'allions aux champs; mais pour aller chez le notaire! on ne muse pas. (Ils sortent en courant.)

## SCÈNE VII.

### LE COMTE, LA COMTESSE.

**LA COMTESSE,** *devenue rêveuse.*

Mon ami… monsieur le comte, il y a quelque chose que je ne saurais comprendre dans l'obstination de Mathurin à vouloir m'embrasser, et voilà que lorsque vous paraissez vous rendre à sa bizarre prétention, il refuse tout-à-coup. Cette conduite n'est pas naturelle.

**LE COMTE,** *avec un rire affecté.*

Ah ! ah ! ah ! je vois ce que c'est : une jolie femme est toujours piquée par un refus, de quelque part qu'il vienne…

**LA COMTESSE**

Non, non, vous êtes fort loin de penser cela ; mais Jacqueline est si jolie…

**LE COMTE.**

Vous pourriez croire que cette jeune paysanne…

**LA COMTESSE.**

Vous paraissiez rêveur lorsque Mathurin…

**LE COMTE.**

Rêveur ! non ; mais en colère : on l'eût été à moins ;

et c'était, je vous le jure, uniquement par rapport à
vous.

LA COMTESSE.

Il m'est plus doux de vous croire ; mais pardonnez
si mon amour pour vous m'exagère quelquefois des
craintes que la confiance et l'estime que vous m'inspi-
rez désavouent aussitôt.

## SCÈNE IX.

LE COMTE, LA COMTESSE, JACQUES.

JACQUES, *un sac de cuir à la main*.

J'apportons à monsieur le comte et à madame la
comtesse le prix du fermage.

LE COMTE.

Cela ne pressait pas ; vous aviez tout le temps,
maître Jacques.

JACQUES.

Monsieur est si bon, qu'il dit toujours comme cela ;
mais j'aimons à nous acquitter. (Présentant le sac.) V'là là-
dedans les cent louis des six mois échus. Voulez-vous
voir, monsieur le comte ?

LE COMTE.

Inutile, mon cher Jacques. On peut s'en rapporter à
vous ; nous savons cela.

**JACQUES.**

Dame ! monsieur le comte, je ne voudrions faire tort à qui que ce soit.

**LA COMTESSE,** *tirant le comte à l'écart.*

Il me vient une idée, mon ami : si nous lui laissions cette somme pour le présent de noces de Jacqueline et de Mathurin ?

**LE COMTE.**

Je partage à cet égard votre sentiment, ma chère comtesse. (A Jacques.) Remportez cela, Jacques ; et que le nouveau ménage, auquel je le destine, le fasse prospérer par ses soins laborieux et par son industrie.

**LA COMTESSE,** *avec bonté, à Jacques, qui les regarde avec étonnement.*

Je me joins au comte pour vous prier d'accepter, maître Jacques, le présent de noces que nous faisons à votre fille.

**JACQUES,** *avec des démonstrations de joie.*

C'est trop de bonté, madame la comtesse, monsieur le comte : la dot, la noce, le trousseau ! Où est donc Marguerite ? où sont donc nos enfants ? que j'allions les chercher pour vous remercier.

**LE COMTE,** *souriant.*

Ils vont amener le notaire pour passer le contrat.

**LA COMTESSE.**

Jacques est un si bon père qu'il ne se refusera pas à hâter leur bonheur.

**JACQUES.**

Comme il plaira à monsieur le comte et à madame la comtesse. Mais, à propos (car la joie me trouble la mémoire, à moi, comme fait le vin au voisin Pierre), j'oubliais de vous dire que c't'usurpateur, comme l'appelle monsieur le comte, veut vendre son domaine.

**LE COMTE,** *avec joie.*

La terre de Blossange ?

**JACQUES.**

Justement; c'te terre que j'avons vue de tout temps dans votre famille, monsieur le comte, et qui devait vous revenir, sans qu'elle a été vendue.

**LE COMTE,** *tristement.*

Les brigands ! (A part.) Mais comment y pouvoir rentrer, puisque la comtesse s'obstine...

**JACQUES.**

La vente, par enchère, se fera tantôt, deux heures avant le soleil couché.

**LA COMTESSE,** *vivement au comte.*

Il faut y aller, mon ami.

LE COMTE.

Quoi ! pour la voir passer en de nouvelles mains ?

LA COMTESSE.

Non ; pour l'acquérir.

LE COMTE.

Vous consentiriez donc…

LA COMTESSE

Sans doute : notre fortune ne saurait être mieux employée qu'à rendre à nos enfants un héritage glorieux par les honorables souvenirs qu'il renferme. « C'est là, leur direz-vous, que vos pères venaient se reposer après avoir combattu pour leur Roi et pour la gloire de leur pays. — C'est ici, dirai-je à Léonie, que les comtesses de Blossange répandaient des bienfaits et donnaient l'exemple des vertus pures et modestes. »

JACQUES.

C'était tout comme chez vous, madame la comtesse.

LE COMTE, *attendri.*

En effet, personne plus qu'elle n'a mérité de porter ce beau nom.

JACQUES.

C'est vrai cela ; je sommes vieux, j'ons connu la famille de monsieur le comte… Ah ! les dignes gens !
(Il essuie quelques larmes.)

LA COMTESSE.

Partons, cher comte; ne perdons pas de temps.

LE COMTE.

Vous êtes adorable! (Souriant.) Mais pourquoi donc, ce matin, vous être opposée?...

LA COMTESSE.

Ce matin!

LE COMTE, *riant.*

Convenez-en, vous aviez l'esprit d'opposition.

LA COMTESSE.

Nullement; c'est qu'il ne s'agissait point de la terre de votre nom, de la demeure de vos ancêtres, du toit paternel enfin, et le sentiment qui commande pour tout cela des sacrifices, en fait des devoirs : ce sentiment rejette, au contraire, ceux qui n'ont pour mobile qu'une aveugle vanité.

LE COMTE.

Comment votre père verra-t-il?...

LA COMTESSE.

Je vous réponds de lui.

LE COMTE.

Que vous êtes bonne! (Il va pour l'embrasser.)

LA COMTESSE, *bas et souriant.*

Non, non, je ne vous permets pas ce que vous avez défendu à Mathurin.

JACQUES.

Allons, puisque vous êtes d'accord, gnia pus qu'à s'en aller. (Il va pour sortir.)

LA COMTESSE.

Maître Jacques, dites au cocher de faire diligence; et que le notaire, qu'amènera Mathurin, dresse en même temps l'acte de vente et le contrat. (Ils sortent.)

JACQUES, *en les suivant.*

Oui, madame la comtesse. (A part.) Bon! ça li fera de l'ouvrage. Des amoureux dotés, notre bon maître qui rentre chez lui, M. Bonnefoi qui va avoir à griffonner deux actes : quelle bonne journée pour tout le monde!

# L'AUDIENCE

# D'UN MINISTRE.

# PERSONNAGES.

M. ***, député.

Le colonel d'HARCOUR.

La comtesse de SAINTE-SUZANNE.

M^me DANVILLE.

M^me de MENEVAL, amie de M^me Danville.

BERTRAND, huissier.

PAUL, expéditionnaire, neveu de Bertrand.

La scène se passe à Paris, dans les salons du Ministère.

# L'AUDIENCE

# D'UN MINISTRE

## SCÈNE I.

Mᵐᵉ DANVILLE, Mᵐᵉ DE MENEVAL, BERTRAND.

#### BERTRAND.

Ces dames ont sans doute une audience de monsieur
le ministre.

#### Mᵐᵉ DANVILLE.

Non ; mais, portez-lui mon nom. (Elle lui donne une
carte de visite.)

#### BERTRAND, s'inclinant respectueusement et prenant la carte.

Il suffit, madame ; je cours la remettre moi-même à
Son Excellence. (Seul, mettant ses lunettes.) Il faut que ce
soit un grand nom pour venir se présenter chez le ministre avec autant d'assurance... quelque puissante
dame de la cour sans doute. (Il lit.) *Madame Danville.*
Comment ! pas seulement un titre ! il est bien vrai qu'à
présent cela n'y fait pas tant qu'autrefois : car nous
n'avions guère de rapports qu'avec des marquises ou
des duchesses.

11

**LA COMTESSE,** *entrant.*

Prenez cette lettre.

**BERTRAND,** *considérant la comtesse.*

Je sais trop bien qu'elle devient inutile à madame la comtesse de Sainte-Suzanne pour se présenter ici.

**LA COMTESSE,** *surprise.*

Hein? que dites-vous?... J'ai idée d'avoir vu ce visage-là quelque part.

**BERTRAND.**

Je me souviens qu'en 1815 madame la comtesse avait ses entrées chez le ministre.

**LA COMTESSE,** *passant avec humeur dans le salon sans regarder Bertrand.*

Pauvre sot! est-ce que tout n'est pas changé depuis ce temps-là?

**BERTRAND.**

Si ce n'est les solliciteurs.

**LE DÉPUTÉ,** *entrant.*

Mon ami, vous savez qui je suis?

**BERTRAND.**

Oh! oui, oui; j'ai vu monsieur venir souvent chez notre dernier.

**LE DÉPUTÉ,** *à part.*

Maudit huissier, avec sa mémoire! (Haut.) On nous accable, dans nos départements.

**BERTRAND.**

Oui ; mais le zèle de monsieur est infatigable.

**LE DÉPUTÉ.**

Ceux qui nous envoient à la Chambre sont si exigeants ! ils nous surchargent d'affaires, et s'imaginent que nous ne venons à Paris que pour leurs seuls intérêts.

**BERTRAND.**

Ils sont bons enfants, en province !

**LE DÉPUTÉ.**

Vous êtes de Paris ?

**BERTRAND.**

Moi ! non, monsieur ; je suis de Caen, en Normandie. Étant encore tout jeune, j'avais l'idée que je pourrais faire mon chemin tout comme un autre ; voilà donc qu'un beau jour je partis de chez mes parents, et je vins dans la capitale, où j'entrai en service chez un vieux seigneur, dont le fils était lieutenant-colonel. Oh ! c'était un brave, celui-là, sans autre ambition que celle de se faire tuer pour son pays : c'est, je crois, la seule personne de ma connaissance que je n'aie pas encore aperçue ici.

**LE DÉPUTÉ.**

Un militaire ! cela se conçoit ; que viendrait-il y faire ? Il va sans doute à la guerre : chacun son département.

BERTRAND.

Ah! monsieur! nous voyons moins de financiers que de ceux qui voudraient le devenir. Quand les Chambres s'ouvrent, surtout, c'est une affluence! le cabinet du ministre ne désemplit pas; mais vous devez en savoir quelque chose.

LE DÉPUTÉ, *avec une distraction affectée.*

Aujourd'hui, y a-t-il beaucoup de monde chez Son Excellence?

BERTRAND.

Plus de vingt de vos collègues sont déjà venus ce matin de très-bonne heure.

LE DÉPUTÉ, *à part.*

Diable! si c'était pour cette recette particulière. Hâtons-nous d'arriver. (Haut.) A revoir. (Il entre dans le deuxième salon.)

## SCÈNE II.

BERTRAND, *seul.*

Je gagerais bien que ce député-là est encore un amateur des finances; il vient sans cesse ici, et toujours seul de sa députation: il a beau faire sonner fort haut que c'est pour son département; il s'en regarde, je crois, comme le chef-lieu. Ah! j'aperçois, mon neveu;

il n'est encore que simple expéditionnaire, mais le chef de bureau m'a promis de le protéger : les voilà qui causent ensemble. Paul ne manque pas d'intelligence : une belle écriture, de l'assiduité ; avec cela on peut fort bien gouverner un bureau. En attendant qu'il vienne, cherchons un peu la lettre de recommandation que le chef de division m'a donnée pour lui. (Il fouille dans la poche de son gilet, et en retire le billet de M^me Danville.) Eh bien donc ! cette carte que j'oubliais... bah ! il n'y a pas de titre... Je vais cependant la remettre, car nous avons une Excellence qui ne badine pas : chacun son droit avec elle.

## SCÈNE III.

### BERTRAND, PAUL.

#### PAUL.

Bonjour, mon oncle.

#### BERTRAND.

Bonjour, mon ami. Tiens, attends-moi un peu ; il faut que j'aille donner ce billet à M. le ministre. C'est de l'activité, de la diligence qu'il faut, mon ami, pour réussir : le service avant tout. (Il sort.)

#### PAUL, seul, secouant la tête

De l'activité ! on a beau dire, il faut plus que cela ; car, combien de petits commis qui deviendraient bien-

tôt des receveurs généraux s'il ne fallait qu'avoir des
jambes! Moi-même donc, est-ce que j'en resterais là,
depuis plus d'un an que je fais tout le travail du premier bureau de la onzième division, et cela pour gagner cinquante francs par mois? Ceux qui reçoivent le
moins, en compensation, travaillent le plus. Patience,
nous avons affaire à un ministre juste; n'ai-je pas entendu, hier soir à la brune, comme je descendais le
grand escalier de la galerie, qu'il disait à ce député, dont
je ne me rappelle plus le nom, mais qu'on voit dans
tous les bureaux, et qui voudrait pour lui ou pour son
fils cette recette particulière vacante en ce moment :
« Je vous le répète, monsieur, ces places-là doivent être
la récompense de services rendus à l'État ; un député,
sans doute, peut y aspirer, mais ce ne doit être qu'a-
près une longue session : il la recevra alors comme le
prix de son dévouement à la chose publique. »

## SCÈNE IV.

### LE COLONEL, PAUL.

LE COLONEL, *entrant brusquement.*

Holà ! quelqu'un ! Jeune homme, par où faut-il passer quand on veut parler au ministre ?

PAUL.

Je crois que c'est de ce côté, monsieur ; cependant,
si vous voulez attendre ; mon oncle...

LE COLONEL.

Corbleu, attendre, attendre! ils n'ont ici que ce mot à vous dire.

PAUL.

C'est que quand on sollicite...

LE COLONEL, avec emportement.

Je ne viens point solliciter, je... Maudite blessure! voilà la première fois qu'elle me coûte des regrets; que ne me suis-je fait tuer!

PAUL.

Monsieur, je suis bien fâché de ne pouvoir rien à cela; je ne suis qu'un expéditionnaire, et à moins que mes services puissent...

LE COLONEL.

L'écriture est bonne?

PAUL, souriant.

Mais je crois pouvoir le dire sans trop de vanité.

LE COLONEL, après avoir réfléchi.

Eh bien, souffrez que je vous dicte une lettre; (riant) car, vous le voyez, j'ai oublié mon bras à la bataille de Toulouse.

PAUL.

Vous l'avez perdu à la guerre!

LE COLONEL.

Oui, mon ami; on n'est point exposé à cela chez vous, n'est-ce pas?

PAUL, *d'un air d'intérêt.*

Dieu merci, non, monsieur; mais, par cela même, je crois que vous feriez bien de voir vous-même le ministre.

LE COLONEL.

C'était mon idée en venant ici; mais à présent je préfère lui écrire. Et puisque vous voulez bien me prêter votre plume...

PAUL.

Oh! de tout mon cœur, monsieur; entrons dans ce cabinet. (Ils sortent.)

## SCÈNE V.

Mᵐᵉ LA COMTESSE DE SAINTE-SUZANNE, Mᵐᵉ DANVILLE, Mᵐᵉ DE MENEVAL, M B..., député, (*Mᵐᵉ Danville et Mᵐᵉ de Meneval parlent entre elles dans un coin à l'écart.*)

Mᵐᵉ DANVILLE.

Croyez, chère amie, que vous avez pris le meilleur parti pour obtenir: c'était de vous présenter vous-même.

Mᵐᵉ DE MENEVAL.

Pour un si cher intérêt! Oh! combien je sens battre mon cœur!

Mme DANVILLE.

Votre cause est si belle, je puis dire si touchante !
Saurait-on voir sans en être ému une femme jeune,
belle, consacrer sa vie à tâcher de dédommager par
ses soins et son amour un guerrier malheureux ! Ah !
combien vous dûtes souffrir en apprenant son cruel
sort !

Mme DE MENEVAL.

Ce coup fut affreux pour moi ; j'aurais préféré mille
fois mourir avec d'Harcour. Son bras, emporté par cet
horrible boulet, s'offrait sans cesse à ma pensée. Il ne
pourra me presser sur son cœur ! me disais-je ; et je
tombais dans l'abattement le plus profond. Enfin, on
m'annonça d'Harcour ; je le revis couvert d'une nou
velle gloire ; j'oubliai alors le mal cruel que m'avait fait
une écriture étrangère, pour ne songer qu'au bonheur
de le retrouver.

Mme DANVILLE.

Pourquoi donc avoir différé votre union aussi longtemps ?

Mme DE MENEVAL.

Mes parents exigeaient qu'auparavant il obtînt une
place ; jugez donc de ma joie si cette recette particulière, pour laquelle j'ai déjà fait d'inutiles démarches
jusqu'ici...

Mme DANVILLE.

Que ne vous adressiez-vous tout d'abord au ministre
lui-même ?

Mᵐᵉ DE MENEVAL.

M. X., chef de division, me faisait espérer tous les jours qu'il en parlerait au ministre, et je me flattais que votre protection...

Mᵐᵉ DANVILLE.

Protection! le mot est pompeux; mais il ne saurait y en avoir de meilleure que celle du ministre. M. X... est très-occupé de placer sa famille.

Mᵐᵉ DE MENEVAL.

Je ne connaissais pas Son Excellence.

Mᵐᵉ DANVILLE.

Il n'importe, lorsqu'on a le bon droit pour soi. Et, certes, vingt actes de bravoure, des blessures reçues dans tous les pays conquis, ce sont des titres...

Mᵐᵉ DE MENEVAL.

Une sorte de timidité s'emparait de moi, et j'avais presque arraché de d'Harcour la promesse de venir se présenter lui-même. Mais...

Mᵐᵉ DANVILLE, *riant*.

Lui, venir ici! vous n'y songiez pas, ma chère! Quel solliciteur, grands dieux! qu'un militaire bien brusque!

Mᵐᵉ DE MENEVAL.

Je me confie entièrement aux conseils de l'amitié.

(La comtesse laisse tomber son sac, le député le ramasse.)

LE DÉPUTÉ, *rendant le sac à la comtesse, et se levant pour la saluer.*

Eh! je ne me trompe pas, c'est madame la comtesse de Sainte-Suzanne!

LA COMTESSE, *saluant.*

Charmée, monsieur, de cette rencontre. Mais vous n'entrez pas d'emblée chez le ministre! Est ce que le sort vous aurait été contraire? n'auriez-vous pas été réélu?

LE DÉPUTÉ, *avec satisfaction.*

Pardon, madame; je puis me flatter toujours, malgré les brigues et les cabales, de posséder la confiance de mes concitoyens.

LA COMTESSE, *soupirant.*

Tant mieux; car le nombre des bons est bien réduit cette année : dans plusieurs arrondissements où j'ai des terres on a fait des choix, mais des choix effrayants; vous ne pouvez vous faire une idée de cela : tout ce qu'il y a de pis.

LE DÉPUTÉ.

Quant à mon département, les royalistes et les libéraux se sont entendus.

LA COMTESSE.

Je ne suis nullement pour de telles concessions; elles ne servent qu'à atténuer nos forces. On se réunit dans les mêmes comités; dès-lors on a commerce ensemble, et les bons faiblissent presque toujours. L'esprit du

siècle fait des progrès inouïs ; jusqu'à mon neveu
d'Harcour qui m'écrivait, en se félicitant des élections
obtenues cette année ; Dieu sait quels noms ! je n'en
connais aucun. C'est même ce qui m'a déterminée
à venir moi-même ici demander une recette particulière.

LE DÉPUTÉ, *à part.*

Encore un concurrent ! (Haut.) C'est une place très-
recherchée, difficile à obtenir.

LA COMTESSE, *riant.*

Oui ; mais quand on a tant de services réels à présenter !... J'ai appris que mon neveu serait fort aise de
l'avoir ; et puisque je vous trouve ici, en votre qualité
de député, ne pourriez-vous pas m'appuyer un peu ?
Je vais demander de l'encre, afin que vous me donniez
une apostille.

LE DÉPUTÉ, *d'un air d'embarras.*

Mon crédit est bien faible, madame la comtesse.

LA COMTESSE.

Il n'importe ; le nom d'un député au bas d'une pétition, s'il ne fait pas de bien, ne fait pas de mal ; (La comtesse demande une écritoire à l'huissier, qui en apporte une) et quand
c'est le vôtre, monsieur....

LE DÉPUTÉ, *à part, en écrivant.*

Il y a apostille et apostille.

LA COMTESSE *pendant que le député écrit.*

Mon neveu a de la naissance, des parents à la cour ;

on pourrait ajouter à ces titres qu'il s'est battu comme s'il n'avait rien de tout cela.

LE DÉPUTÉ, *rendant la pétition à la comtesse.*

Je le sais, il a des droits incontestables. (A part.) Je vais profiter de ma qualité de député pour passer le premier. (Il entre chez le ministre.)

LA COMTESSE, *tenant sa pétition pliée, telle que le député la lui a rendue.*

Quel dommage que nous n'ayons pas à la Chambre beaucoup d'hommes comme celui-là... d'une obligeance!...

Mme DANVILLE.

Pourrait-on sans indiscrétion, madame, vous demander le nom du député qui sort d'ici?

LA COMTESSE.

Vous n'habitez sans doute pas Paris, madame; vous ne pourriez manquer de connaître M. B. : c'est l'indispensable de tous les salons...

Mme DANVILLE. *souriant.*

Des ministres? il est vrai que j'y ai été assez peu souvent jusqu'ici; mais je sais, à présent : M. B. est de tous les régimes.

Mme DE MENEVAL, *riant.*

C'est un homme très-habile.

(L'huissier annonce aux deux amies qu'elles peuvent entrer dans le cabinet du ministre.)

LA COMTESSE, *qui, pendant ce temps, avait ouvert la pétition.*

Voilà une singulière apostille! il vaudrait mieux, je

crois, qu'il n'y en eût point. Combien c'est froid ! heureusement qu'elles ne sont jamais lues ; on ne voit que le nom… Mais me serais-je trompée dans mon estime pour ce député ? J'ai entendu ces deux jeunes femmes chuchoter ensemble à son sujet : elles ne sont pas mal, ces petites dames ; elles m'inspirent de l'intérêt. Bon ! les voilà qui ressortent déjà. (M<sup>mes</sup> Danville et de Meneval saluent en traversant rapidement le salon.) Encore une personne, et mon tour viendra. Quel air commun ! je parierais bien que ce n'est pas né. Qu'il est dur de passer après tous ces gens-là ! (On annonce à la comtesse qu'elle peut entrer.)

## SCÈNE VI.

M<sup>me</sup> DANVILLE, M<sup>me</sup> DE MENEVAL, LE COLONEL, BERTRAND, PAUL, *ensuite* LA COMTESSE.

M<sup>me</sup> DANVILLE, *riant en regardant le colonel.*

Vous ici, colonel ! faisant antichambre chez un ministre ! c'est réellement curieux.

M<sup>me</sup> DE MENEVAL.

Vous vous êtes donc déterminé tout d'un coup ?

LE COLONEL, *souriant.*

Jugez, madame, de l'empire de vos charmes, puisqu'ils ont transformé en solliciteur un vieux soldat. Pourtant, je bénis le destin qui m'a conduit ici.

M<sup>me</sup> DANVILLE, *surprise.*

Est-ce que vous auriez vu le ministre?

LE COLONEL.

Non; mais le hasard m'a fait rencontrer un ancien serviteur de mon père, ce bon et fidèle Bertrand : voilà son neveu qui vient d'écrire, sous ma dictée, une lettre que Bertrand doit remettre à Son Excellence.

BERTRAND.

Et celle-là sera lue, je vous le promets.

PAUL.

Je n'ai jamais rien écrit d'aussi bon cœur.

LE COLONEL.

Braves amis ! (Il tend la main à Bertrand.)

M<sup>me</sup> DANVILLE.

Grâce au ciel, nous n'avons plus besoin de cette lettre.

BERTRAND ET PAUL, *ensemble.*

Comment ! (Ils s'approchent de M<sup>me</sup> Danville.)

LE COLONEL.

La place est donnée?

M<sup>me</sup> DE MENEVAL, *montrant M<sup>me</sup> Danville.*

Elle est à vous, colonel; et c'est à cette excellente amie que nous devons notre bonheur.

LE COLONEL, *attendri.*

Ah! madame! (Il baise la main de M^me Danville.)

M^me DANVILLE.

Il n'a fallu que vous nommer, monsieur d'Harcour; Son Excellence a aussitôt répondu que les finances s'honoraient de pouvoir contribuer au repos de la valeur. Elle désire remettre elle-même le brevet en vos mains.

LE COLONEL, *souriant.*

En mes mains! il en parle à son aise, le ministre! n'importe, j'irai le remercier.

BERTRAND.

Le digne ministre! (La comtesse paraît.)

LE COLONEL.

Que vois-je? ma tante!

LA COMTESSE.

Malgré tous vos travers, on veut du bien à sa famille. J'étais venue demander pour vous la recette particulière de X., et j'apprends que le ministre en a disposé justement en votre faveur; il faut que vous ayez été bien servi!

LE COLONEL, *montrant mesdames Danville et de Meneval, retirées à l'écart.*

Voilà mes protectrices: M^me Danville et M^me de Meneval, votre future nièce.

LA COMTESSE.

Vous persistez donc toujours à faire cette alliance?

LE COLONEL, *avec feu.*

La mort seule pourrait nous séparer! Je l'adorais avant que mon bras fût emporté : son noble cœur ne m'en a témoigné que plus d'intérêt...

LA COMTESSE, *attendrie.*

J'ignorais ces détails; charmante personne! pour moi, je ne saurais résister à une action généreuse. (S'avançant vers M^me de Meneval.) Permettez-moi de me féliciter, madame, du hasard qui nous rassemble ici.

M^me DE MENEVAL.

Votre bienveillance, que je souhaitais depuis long-temps, me rend heureuse au-delà de ce que je puis exprimer.

LA COMTESSE.

L'on m'avait prévenue contre le choix de mon neveu, je l'avoue; mais il n'y a qu'à vous voir pour se ranger de son parti.

M^me DANVILLE *riant.*

Le tout est de s'entendre.

LA COMTESSE.

Mais allons rejoindre ma voiture; je veux que nous dinions ensemble aujourd'hui. (A M^me Danville.) Voulez-vous bien, madame, y consentir? nous célébrerons la nomination de d'Harcour.

M<sup>me</sup> DANVILLE.

De grand cœur, madame. (La comtesse prend le bras de M<sup>me</sup> de Meneval, le colonel offre le sien à M<sup>me</sup> Danville, et donne son adresse à Bertrand. Ils sortent.)

BERTRAND, *attendri, et s'essuyant les yeux : il les regarde sortir.*

Voyez pourtant le bien que peut faire une Excellence, quand Elle ne veut pas faire le mal !

# LE

# VIEUX GARÇON.

## PERSONNAGES

M. DE VIEILLE-ROCHE, antiquaire.

M. D'ARNAY, jeune homme, son ami, parent de M<sup>me</sup> Derval.

M<sup>me</sup> DERVAL, jeune veuve.

FIRMIN,

THÉRÈSE, } domestiques de M. de Vieille-Roche.

La scène se passe chez M. de Vieille-Roche.

J'apperçois le revers de la médaille

# LE

# VIEUX GARÇON

*La scène représente une chambre à alcôre, avec une bibliothèque.*

## SCÈNE I.

### M. DE VIEILLE-ROCHE, FIRMIN.

**M. DE VIEILLE-ROCHE,** *éloignant de lui, avec effort, un grand fauteuil à roulettes.*

Débarrasse-moi, je te prie, Firmin, de ce meuble inutile.

**FIRMIN,** *avec surprise.*

Inutile! monsieur.

**M. DE VIEILLE-ROCHE.**

Eh! sans doute; incommode même.

**FIRMIN.**

Cependant, monsieur, si quelque jour la goutte vous reprenait?

M. DE VIEILLE-ROCHE.

Imbécile! comme si c'était la goutte!

FIRMIN, *se reprenant.*

Dame! monsieur, le rhumatisme, si vous l'aimez
mieux.

M. DE VIEILLE-ROCHE.

Je l'aime mieux, non; mais c'est un rhumatisme...
(Avec impatience.) Mais m'ôterez-vous enfin ce fauteuil de
devant les yeux, Firmin?

FIRMIN, *faisant rouler le fauteuil.*

En quel lieu vous plaît-il que je le mette, monsieur?

M. DE VIEILLE-ROCHE.

Où vous voudrez, pourvu que je ne le voie plus.

FIRMIN, *dirigeant le fauteuil du côté de l'alcôve.*

Qu'ils sont ingrats, ces maîtres! En quoi donc ce
pauvre fauteuil a-t-il mérité sa disgrâce? il a tant de
fois été utile! et maintenant... un moment de repos...
Allons, cachons-le dans cette alcôve, en attendant la...
le rhumatisme.

M. DE VIEILLE-ROCHE, *se parlant à lui-même.*

C'est aujourd'hui que d'Arnay m'a annoncé la visite
de M^me Derval; que de grâces n'ai-je pas à rendre à mon
cabinet de médailles, qui me procure ce bonheur!
M^me Derval est une jeune veuve charmante; si j'osais

penser à lui plaire… Réellement, la vie de garçon com—
mence à me fatiguer.

FIRMIN, *sortant de l'alcôve.*

Monsieur a-t-il encore quelque chose à m'ordonner?

M. DE VIEILLE-ROCHE, *regardant autour de l'appartement.*

Non; tout paraît à sa place. Maintenant, approchez,
Firmin, et répondez. Avez-vous jamais songé à vous
marier?

FIRMIN, *riant.*

Songé à me marier! moi, me marier, monsieur!
c'était bon autrefois; mais c'est d'aussi loin qu'il m'en
souvienne.

M. DE VIEILLE-ROCHE, *sèchement.*

Il ne s'agit pas d'autrefois.

FIRMIN.

Oh! c'est que, quant à présent, monsieur, il faudrait
que je fusse fou. Savez-vous bien que j'ai, comme vous,
mes soixante ans?

M. DE VIEILLE-ROCHE, *avec humeur.*

Encore! Eh! qui vous demande votre âge?

FIRMIN.

C'est donc pour vous dire, monsieur, que je suis aujourd'hui trop vieux pour prendre une femme.

M. DE VIEILLE-ROCHE, *toujours d'un ton d'humeur.*

Eh! mon Dieu! qui parle de vous en donner une?

N'allez-vous pas vous persuader que j'ai une femme
toute prête à vous faire épouser?

### FIRMIN.

Ma foi, monsieur, vous me demandez si je veux me
marier; moi je réponds que je me trouve trop vieux,
voilà tout.

### M. DE VIEILLE-ROCHE.

Allons, il est clair que vous le prenez tout de travers.
Allez dire à Thérèse d'apporter mon déjeuner.

### FIRMIN.

Il suffit, monsieur. (A part, et en s'en allant.) Hein! monsieur a l'air d'avoir de l'humeur aujourd'hui; je gagerais bien que le fauteuil ne restera pas longtemps dans
l'alcôve. (Il sort.)

## SCÈNE II.

### M. DE VIEILLE-ROCHE, *et ensuite* THÉRÈSE.

### M. DE VIEILLE-ROCHE.

Il faut convenir que ce garçon-là est d'une grande
maladresse; que de patience il m'a fallu pour le garder
aussi longtemps! « Je me fais vieux », voilà son excuse
à tout... Il est certain que le travail vieillit ces gens-là
beaucoup plus tôt que nous.

THÉRÈSE. *Elle entre, portant avec précaution une tasse de chocolat qu'elle pose sur une table.*

Comment donc! Monsieur debout par le froid qu'il fait!... Et le grand fauteuil, et les oreillers? où tout cela est-il donc?

M. DE VIEILLE-ROCHE, *s'asseyant.*

Je préfère une chaise.

THÉRÈSE, *de l'air du plus grand intérêt.*

Prenez-y bien garde au moins, monsieur; car vous savez qu'il n'y a pas à badiner avec c'te chienne de goutte.

M. DE VIEILLE-ROCHE.

Encore cette goutte!

THÉRÈSE.

Oh! il faut vous tenir bien chaudement. Mais où donc Firmin aura-t il mis la chancelière? (Elle cherche sous les tables et les meubles de l'appartement.) Je ne trouve plus rien; tout est déménagé depuis ce matin.

M. DE VIEILLE-ROCHE.

Je vous avais dejà prévenue, ma chère Thérèse, que je voulais désormais vous dégager de ces soins trop gênants, trop assujettissants...

THÉRÈSE, *avec ironie.*

Une réforme! et la goutte, monsieur, la réformerez-vous aussi?

M. DE VIEILLE-ROCHE, *à part.*

Elle n'en finira pas! tàchons de la congédier. (Haut.) Le médecin m'a ordonné la promenade, beaucoup d'exercice; je vous prie d'envoyer chercher le carrossier : je veux lui commander un briska semblable à celui du bel Alfred.

THÉRÈSE.

Un tel équipage, monsieur, n'est pas de mon goùt.

M. DE VIEILLE-ROCHE.

Aussi est-ce le mien que je veux suivre.

THÉRÈSE.

Un briska! non pas, non pas, s'il vous plait; ça verse trop facilement.

M. DE VIEILLE-ROCHE.

J'excuse des craintes qui proviennent d'un zèle mal entendu, Thérèse; cependant...

THÉRÈSE, *continuant toujours.*

Bah! bah! faut être ingambe pour c'te voiture-là; ça va ni plus ni moins vite que le vent. Faudrait, comme moi, le dimanche, les voir passer aux Champs-Élysées, ou sur les boulevards! et puis tout-à-coup v'là mon homme à terre... D'ailleurs, Monsieur ne sait pas conduire.

M. DE VIEILLE-ROCHE, *avec impatience.*

Je vous prie, Thérèse, de ne plus me rompre la tête avec tous vos propos.

**THÉRÈSE.**

Mes propos!... C'est bel et bon quand on n'a pas la goutte ; mais elle n'aurait qu'à vous revenir, comme à cet autre monsieur que j'allai voir jouer l'autre jour au spectacle des Variétés. Vous souvenez-vous, monsieur, que M. d'Arnay nous avait donné des billets à Firmin et à moi? On donnait *Le Ci-devant jeune homme*.

**M. DE VIEILLE-ROCHE,** *à part.*

Mauvaise école que le théâtre! (Haut.) M'obéirez-vous, enfin, Thérèse? Autrement, je vais aller moi-même chez le carrossier.

**THÉRÈSE,** *en s'en allant.*

Obéir! c'est bien malgré moi. — A son âge, aller risquer de se rompre le cou! A la bonne heure pour cet étourdi de M. Alfred. (Elle sort.)

**M. DE VIEILLE-ROCHE.**

Décidément, je veux me marier, ne fût-ce que pour me soustraire à cette domination domestique. Mais j'aperçois d'Arnay.

## SCÈNE III.

**M. DE VIEILLE-ROCHE, M. D'ARNAY.**

**M. D'ARNAY** *entre en riant.*

Bonjour, mon cher. Eh bien, me voilà ambassadeur

des belles! Je venais vous annoncer M^me Derval; elle m'a fait promettre ce matin de l'accompagner ici à trois heures, et j'accourais pour vous prévenir : car un mé-nage de garçon n'est pas toujours disposé à recevoir la visite des belles dames.

M. DE VIEILLE-ROCHE, *riant*.

J'admire votre prudence, mon cher; mais soyez tranquille, j'ai tout prévu pour l'honneur que veut bien me faire madame votre cousine : les fleurs de mes jar-dinières ont toutes été renouvelées, et j'ai fait placer des myrtes et des orangers à l'entrée de ma galerie d'antiques.

M. D'ARNAY.

Des myrtes! c'est tout-à-fait galant... (A part.) et nou-veau surtout.

M. DE VIEILLE-ROCHE, *d'un air de finesse*.

Le myrte, mon cher, est un symbole auquel les femmes se méprennent rarement.

M. D'ARNAY.

Cela épargne une déclaration.

M. DE VIEILLE-ROCHE.

C'est bien aussi mon intention.

M. D'ARNAY.

Eh quoi! sérieusement, vous songeriez...

**M. DE VIEILLE-ROCHE.**

Sans doute, à offrir ma main à M^me Derval. Mais, dites-moi, mon cher d'Arnay, votre charmante cousine se doute-t-elle de l'effet qu'ont produit ses charmes sur moi?

**M. D'ARNAY.**

Je me serais bien gardé de le lui faire connaître ; je lui ai seulement vanté votre collection de médailles, de manière à lui donner l'envie de la voir, et cela n'a pas été difficile ; car, chez les femmes, la curiosité...

**M. DE VIEILLE-ROCHE,** *souriant.*

Fort bien ! D'ailleurs, je vous avoue que je hais ces mariages où les parties prévenues se tiennent sur la défensive : plus de sympathie, dès-lors plus d'entraînement.

**M. D'ARNAY.**

Je concevrais cela s'il s'agissait de deux jeunes gens que leurs parents voudraient unir ; mais lorsqu'on est maître de choisir sa destinée...

**M. DE VIEILLE-ROCHE,** *avec enthousiasme.*

Il n'importe, mon cher ; pourquoi vouloir ravir au cœur un instant de délire?

**M. D'ARNAY,** *souriant, et d'un air d'ironie.*

Eh ! pardon, mon cher, si j'ai pu croire qu'il existait une époque de la vie à laquelle on ne devrait plus songer...

M. DE VIEILLE-ROCHE.

Le cœur ne vieillit point; il compte les plaisirs et
non l'âge.

M. D'ARNAY.

Vivat!

M. DE VIEILLE-ROCHE.

Mais parlez-moi franchement... Pensez-vous que je
puisse espérer de plaire à votre aimable parente?

M. D'ARNAY, *troublé.*

Mais... monsieur... M<sup>me</sup> Derval est jeune...; elle
est cependant très-raisonnable.

M. DE VIEILLE-ROCHE.

Ah! ce dernier mot m'accable! (Regardant fixement
M. d'Arnay.) Qu'avez-vous, mon cher? seriez-vous in-
commodé? vous pâlissez.

M. D'ARNAY.

Moi! point; je songeais au bonheur qui vous était
réservé : cependant, je vous avoue que je ne comprends pas comment vous vous êtes décidé aussi spon-
tanément à abandonner la paix du célibat.

M. DE VIEILLE-ROCHE.

Dites la monotonie, mon cher; ce n'est pas autre
chose. Le jour, passe encore; mais le soir, oh! quand
arrive le soir, et qu'on rentre chez soi, cet isolement
est insupportable.

M. D'ARNAY, *souriant.*

Isolement! Et cette pauvre Thérèse?... Allons, mon ami, il y a là de l'ingratitude.

M. DE VIEILLE-ROCHE.

Elle et Firmin se sont arrogé une autorité... au point que ce sont eux qui sont les maîtres ici : il faudrait gronder, se fâcher, tandis qu'une fois marié...

M. D'ARNAY.

Ce sera le domaine de Madame.

M. DE VIEILLE-ROCHE, *riant.*

Oui, oui; c'est une prérogative du sexe. Mais que nous veut Firmin? il a l'air bien empressé.

## SCÈNE IV.

M. DE VIEILLE-ROCHE, M. D'ARNAY, FIRMIN.

FIRMIN.

Hélas! monsieur, c'est Thérèse...

M. DE VIEILLE-ROCHE, *vivement.*

Est-ce qu'il lui serait arrivé quelque fâcheux événement?

FIRMIN.

Croyant bien faire, elle a pris, comme cela, toutes les fleurs des jardinières, et les a jetées par la fenêtre.

M. DE VIEILLE-ROCHE, *en colère.*

Jeter les fleurs que ce matin... Quelle insolence!...
Mais elle a eu sans doute un motif?

FIRMIN.

Elle disait, comme cela, que ces fleurs entêtaient
monsieur.

M. DE VIEILLE-ROCHE.

Mais elle n'avait reçu aucun ordre pour cela.

FIRMIN.

Pardonnez-lui, monsieur; c'est d'elle-même.

M. DE VIEILLE-ROCHE.

Ils me feront mourir! Heureusement que les orangers...

FIRMIN.

Y n'y a plus de fleurs non plus.

M. DE VIEILLE-ROCHE.

Hein! comment!

FIRMIN.

Oh! quant à celles-là, Thérèse les a ramassées pour
faire des tablettes à Monsieur, pour quand il a mal à la
poitrine.

M. DE VIEILLE-ROCHE, *avec colère.*

Ah! c'est aussi trop fort! Sortez d'ici, je vous chasse
tous les deux.

M. D'ARNAY, *essayant de calmer M. de Vieille-Roche.*

De grâce, mon ami..., vous allez vous faire mal. C'est à un excès de zèle qu'il faut attribuer...

M. DE VIEILLE-ROCHE, *toujours en colère.*

Non, non; je ne veux plus de leurs soins, et l'instant n'est pas éloigné où ce ne seront plus eux qui gouverneront ma maison.

FIRMIN.

Ah ! c'est bien ça qu'on dit aussi que Monsieur va se marier.

M. DE VIEILLE-ROCHE.

Taisez-vous ! je vous trouve bien hardi...

FIRMIN.

Ah! ce n'est pas moi qui suis hardi. (Il sort.)

## SCENE V.

M. DE VIEILLE-ROCHE, M. D'ARNAY.

M. DE VIEILLE-ROCHE.

A-t-on idée de l'insolence de ces gens-là ! Ma patience est à bout; parce qu'il y a plus de trente années qu'ils sont à mon service, ils s'imaginent, je crois, que je ne saurais les renvoyer.

13

M. D'ARNAY, *plaisantant*.

En effet, ils ont acquis un droit de prescription.

M. DE VIEILLE-ROCHE.

Arracher mes fleurs!...

M. D'ARNAY, *riant*.

Mais savez-vous, mon ami, que je trouve qu'il n'y a pas de sûreté pour M^me Derval à venir ici? (Regardant à sa montre.) Bon Dieu! il est de quarante minutes plus tard que l'heure à laquelle j'avais promis d'aller la prendre à son hôtel.

M. DE VIEILLE-ROCHE.

Hâtez-vous donc d'aller lui offrir la main.

M. D'ARNAY.

Il est vrai que, de son côté, ma cousine, qui ne déjeunait pas chez elle, m'avait dit qu'il se pourrait qu'elle se rendît ici directement.. Tenez, je crois entendre une voiture s'arrêter... c'est celle de M^me Derval : je descends pour la recevoir.

M. DE VIEILLE-ROCHE, *seul*.

D'Arnay me semble d'un empressement... Il est un jeune homme, lui, oui; mais peu de fortune : j'ai soixante ans, il est vrai, mais soixante mille livres de rente; cela efface un peu l'effet des années. (Il sonne.) Je veux prévenir Thérèse que... (M^me Derval et M. d'Arnay paraissent; Thérèse les suit.)

## SCÈNE VI.

M. DE VIEILLE-ROCHE, Mᵐᵉ DERVAL, M. D'ARNAY,
THÉRÈSE.

M. DE VIEILLE-ROCHE, *s'avançant vers madame Derval.*

Ah, madame! que ne vous dois-je pas pour la visite dont vous voulez bien m'honorer!

Mᵐᵉ DERVAL.

J'ai désiré vous montrer mon empressement, monsieur... Vous possédez, assure-t-on, un cabinet bien précieux.

THÉRÈSE, *qui s'est mise à l'écart, de manière à ne pas être aperçue et à tout entendre.*

Je devine à présent : les fleurs étaient pour c'te belle.

M. DE VIEILLE-ROCHE.

Je ne néglige rien pour rendre ma collection aussi complète qu'il est possible; j'ai surtout une médaille de l'impératrice Porcie qui vous intéressera, j'en suis sûr.

Mᵐᵉ DERVAL, *regardant autour de l'appartement.*

Une superbe bibliothèque, une galerie savante, des tableaux, sont les passe-temps d'un sage.

M. D'ARNAY, *à part.*

Ou de ceux qui n'en ont pas d'autres.

M DE VIEILLE-ROCHE, *galamment.*

C'est d'aujourd'hui seulement, madame, que je sens le prix de ces richesses.

THÉRÈSE, *à part.*

Je comprends : c'est un compliment que monsieur li fait là.

M^{me} DERVAL.

Hâtons-nous donc d'aller admirer toutes ces merveilles, monsieur. (Souriant. J'ai cependant à vous demander encore d'y ajouter une nouvelle faveur : car, assurément, parmi tout cela il y aura du latin, du grec à expliquer.

M. D'ARNAY, *riant.*

Oh! vous pouvez, ma belle cousine, vous en rapporter là-dessus à M. de Vieille-Roche.

M. DE VIEILLE-ROCHE, *offrant la main à M^{me} Derval.*

Trop heureux, madame, de pouvoir vous être agréable en quelque chose. (Apercevant Thérèse.) Mais que faites-vous ici?

THÉRÈSE.

Monsieur n'a-t-il pas sonné?

M. DE VIEILLE-ROCHE.

Vous reviendrez plus tard.

THÉRÈSE. *faisant la révérence à M^{me} Derval.*

Si mes services pouvaient être utiles à Madame...

M<sup>me</sup> DERVAL, *d'un air gracieux.*

Je vous suis très-obligée, mademoiselle.

THÉRÈSE

Madame n'a qu'à ordonner.

M<sup>me</sup> DERVAL.

Je n'ai qu'un moment à rester. (A part, prenant le bras de M. de Vieille-Roche.) Je gagerais que cette fille-là est la servante-maîtresse. (Haut, à M. d'Arnay, qui a pris un livre dans la bibliothèque.) Est-ce que vous ne venez pas avec nous, mon cousin?

M. D'ARNAY.

Permettez, madame, qu'avant de vous suivre, je fasse une recherche dans ce volume. (M<sup>me</sup> Derval sort avec M. de Vieille-Roche.)

## SCÈNE VII.

### M. D'ARNAY, THÉRÈSE.

THÉRÈSE.

Pourquoi n'allez-vous donc pas avec eux, monsieur?

M. D'ARNAY.

J'ai déjà vu tant de fois ce cabinet, que, de cette chambre, je pourrais en indiquer l'ordre. Vous ne l'ignorez pas, Thérèse, depuis le temps que M. de

Vieille-Roche est mon ami, que nous partageons les mêmes goûts...

THÉRÈSE, *soupirant.*

Hélas! monsieur, je sais... et je ne sais rien, sinon qu'on ne doit se fier à qui que ce soit. Qui m'aurait dit aussi que mon maître aurait comme ça des tête-à-tête avec une belle dame?

M. D'ARNAY, *à part, continuant de feuilleter son livre.*

Thérèse a peur de voir le sceptre lui échapper.

THÉRÈSE, *indifféremment.*

Monsieur, comment se nomme t-elle cette dame? Elle est, je crois, de votre connaissance?

M. D'ARNAY.

Oui; c'est une de mes parentes.

THÉRÈSE, *toujours avec une indifférence feinte.*

Et son mari, pourquoi n'est-il pas venu avec elle?

M. D'ARNAY.

Elle est veuve.

THÉRÈSE, *vivement.*

Veuve! Bon Dieu, une veuve! (Elle fait quelques pas vers le cabinet.)

M D'ARNAY, *s'interrompant.*

Mais, Thérèse, vous n'y pensez pas! (A part.) Cette fille est folle.

**THÉRÈSE**, *avec impatience.*

Ils ne reviennent pas... voilà une heure au moins
Pour moi, je n'y tiens plus. D'abord, il leur faut donc
bien du temps pour voir des médailles, rangées dans
des cadres, comme celles-là; moi, tous les jours,
avec mon plumeau, je passe devant, et ce n'est pas
long. D'ailleurs, qu'est ce que ça fait à une dame de
connaitre ça? il me semble que pourvu qu'elle sache la
monnaie de son pays, cela doit lui suffire.

**M. D'ARNAY.**

Silence donc, Thérèse! (A part.) Je ne sais, mais je
commence à éprouver aussi de l'impatience. L'antiquaire aurait-il fait part à ma cousine de la résolution
où il était de se marier? (Avec un soupir.) Jamais M^me Derval ne m'avait paru si jolie.

**THÉRÈSE.**

Bon! voici Firmin.

**FIRMIN**, *brusquement.*

Thérèse, voilà le carrossier pour la nouvelle voiture
de monsieur.

**THÉRÈSE**, *avec joie.*

Tant mieux! cela va leur occasionner un dérange-
ment.

**FIRMIN.**

A qui donc?

THÉRÈSE.

Aux amoureux. (Elle s'avance vers la porte du cabinet, en appelant. Monsieur! monsieur!... Les voilà pourtant!

## SCÈNE VIII.

M. D'ARNAY, THÉRÈSE, M. DE VIEILLE-ROCHE,
M^{me} DERVAL, FIRMIN.

M. DE VIEILLE-ROCHE, à demi-voix, reconduisant M^{me} Derval.

Souvenez-vous, madame, d'une promesse à laquelle j'attache l'espoir le plus doux de ma vie.

THÉRÈSE.

Monsieur...

M. DE VIEILLE-ROCHE, de même que précédemment.

Je ne cesserai chaque jour de bénir, madame, l'objet de votre visite : combien ces médailles et ces bronzes vont me sembler plus précieux encore!

M. D'ARNAY.

Comme il paraît tendre!

THÉRÈSE. Elle s'approche, et appelle très-fort.

Monsieur! Monsieur!

M. DE VIEILLE-ROCHE, se retournant vers Thérèse avec humeur.

Eh! que me voulez-vous donc?

THÉRÈSE.

Le carrossier demande à parler à monsieur, pour le bri... bris... briska, que je crois.

M. DE VIEILLE-ROCHE.

Impossible en ce moment de m'occuper d'aucune chose. Faites attendre, Thérèse.

FIRMIN.

Il est pressé.

M. DE VIEILLE-ROCHE, *sèchement.*

Qu'on le renvoie.

M<sup>me</sup> DERVAL.

De grâce, monsieur, que ce ne soit pas à cause de moi; j'éprouve le regret d'être forcée de vous quitter à cette heure, et pour un briska on ne saurait différer; car nous approchons de la saison des promenades, où ces voitures sont si agréables : souffrez donc, monsieur, que j'aie l'honneur de prendre congé de vous.

M DE VIEILLE-ROCHE, *cherchant à retenir* M<sup>me</sup> *Derval.*

Ah! madame! ne me privez pas sitôt de votre présence. Mon cher d'Arnay, joignez vos prières aux miennes auprès de Madame.

M. D'ARNAY.

J'appréhende le peu d'empire que mes sollicitations auront sur ma cousine.

M<sup>me</sup> DERVAL, *souriant.*

Oh! puisqu'il en est ainsi, je resterai, *à* M. de Vieille-

Roche) sous la condition expresse, monsieur, que cela ne
dérangera en rien l'entretien que vous devez avoir avec
votre carrossier.

M. DE VIEILLE-ROCHE, *du ton de la galanterie.*

Vos moindres désirs, madame, sont des ordres pour
moi; j'obéis promptement pour revenir plus vite en—
core. (Retournant sur ses pas.) Serait-ce une indiscrétion
d'oser, madame, vous demander la couleur que vous
préférez pour une voiture?

Mᵐᵉ DERVAL, *avec embarras.*

En cela, j'ai peu consulté mon goût, je l'avoue.

M. D'ARNAY.

Je crois vous avoir vue, madame, accorder plusieurs
fois la préférence au vert; c'est aussi la livrée de vos
gens.

Mᵐᵉ DERVAL.

Je ne saurais en disconvenir.

M. DE VIEILLE-ROCHE.

Va pour le vert; c'est aussi la couleur de l'espérance.
(Il sort, suivi de Thérèse et de Firmin.)

## SCÈNE IX.

### Mme DERVAL, M. D'ARNAY.

#### Mme DERVAL.

Mais pourquoi donc, mon cousin, vouloir me retenir malgré moi?

#### M. D'ARNAY, *riant*.

Vous me le demandez? J'ai voulu prévenir une insurrection : en vous voyant vous en aller, mon ami eût pris de l'humeur ; elle retombait sur ses gens, et...

#### Mme DERVAL, *riant*.

En effet, j'ai remarqué ces vieux serviteurs : ils avaient l'air tout en rumeur ; il est aisé de reconnaître, en entrant dans cette maison, tout un intérieur de célibataire. (Avec finesse.) Mais je crois que Monsieur est partisan de l'école de M. de Vieille-Roche.

#### M. D'ARNAY.

Si cela était, madame, il est du moins certain qu'en vous voyant il serait difficile de rester longtemps de cette opinion, et c'est votre présence ici qui cause cette révolution.

#### Mme DERVAL.

Je n'aurais pas cru que le charme pût atteindre un antiquaire, (elle rit) ah ! ah ! ah ! un admirateur de l'impératrice Porcie...!

M. D'ARNAY.

Oui, riez, cruelle; amusez-vous des tourments que vous causez. (Il soupire.) Ah ! Sophie !

M^me DERVAL, *le regardant.*

Sérieusement ! et vous aussi, mon cousin ! Allons, il est décidé que je suis dans un jour de conquête.

M. D'ARNAY, *d'un air d'intérêt.*

Comment ! Est-ce que de Vieille-Roche vous aurait dit...

M^me DERVAL, *l'interrompant.*

Lui ! mais il est ce qui m'a paru de plus curieux parmi les antiquailles qu'il m'a montrées.

M. D'ARNAY, *avec joie.*

Il serait vrai, ma chère cousine !

M^me DERVAL, *feignant de ne pas remarquer le mouvement de d'Arnay.*

Figurez-vous que, profitant du tête-à-tête dans lequel vous nous avez laissés (car je vous en veux pour cela, monsieur), M. de Vieille Roche a osé me déclarer son amour et l'intention où il était de se marier; à son âge ! (Elle rit.)

M. D'ARNAY, *souriant.*

En effet, pour un sexagénaire, voilà une déclaration fort pressante. Sans indiscrétion, madame, ne pourrait-on savoir ce que vous avez répondu ?

M^me DERVAL.

Je cherchais à répondre, lorsque, heureusement,

votre ami est venu à mon secours ; il a pris mon embarras pour de la timidité, et m'a priée avec instance
de lui répondre par une lettre aussitôt mon retour chez
moi ; cette lettre, il la recevra ce soir.

M. D'ARNAY, *tristement.*

Ainsi, vous acceptez ses vœux ?

M<sup>me</sup> DERVAL.

Je ne dis pas cela. (D'un ton léger.)

> Avec un époux plein d'appas
> L'hymen a de la peine à plaire :
> Quelle peur ne doit-il pas faire
> Avec l'époux qui ne plaît pas !

M. D'ARNAY, *avec transport.*

Adorable Sophie ! ah ! daignez du moins m'accorder
la même faveur qu'à un rival.

M<sup>me</sup> DERVAL, *souriant.*

Oh ! de tout mon cœur ; une circulaire… !

M. D'ARNAY.

Que vous êtes méchante !

M<sup>me</sup> DERVAL.

Mais au fait, mon cousin, de quoi vous plaignez-
vous ? car, pour vous écrire, il me faudra vous prêter le
langage du savant antiquaire ; prenez garde, c'est beaucoup se risquer.

M. D'ARNAY, *se jetant aux genoux de M*<sup>me</sup> *Derval.*

Oui, ma charmante cousine, j'avoue que je ne suis qu'un audacieux ; mais est-ce ma faute aussi, et devez-vous m'en vouloir si vous êtes si jolie, si je vous aime, si je désire de vous consacrer ma vie ?

M<sup>me</sup> DERVAL.

Relevez-vous, d'Arnay ! j'aperçois l'antiquaire.

M. D'ARNAY, *riant, et se relevant.*

Oh ! pauvre Vieille-Roche ! voilà le revers de la médaille !

M<sup>me</sup> DERVAL, *lui tendant la main.*

Allons, mon cousin, j'accepte votre conversion à l'hymen, ne fût-ce que pour le bon exemple ; au moins celle-ci sera glorieuse : quant à celle de M. de Vieille-Roche, qui voudrait l'entreprendre ? (Elle rit.) Assurément, ce ne sera pas une veuve. Chut ! le voici.

## SCÈNE X.

M<sup>me</sup> DERVAL, M. D'ARNAY, M. DE VIEILLE-ROCHE.

M. DE VIEILLE-ROCHE.

Oh ! que j'ai, madame, d'excuses à vous faire, et combien ne devrais-je pas me plaindre d'un ordre cruel qui m'a tenu éloigné aussi longtemps de votre présence : vous avez ordonné, madame, j'ai dû vous obéir.

M<sup>me</sup> DERVAL, *avec un sourire mêlé d'ironie.*

Un briska, monsieur, est si agréable, que j'aurais été désolée d'être cause qu'on eût apporté à ce choix le moindre retard : cependant j'en veux à votre carrossier, car il est déjà l'heure à laquelle je me vois forcée de me retirer.

M. D'ARNAY.

Me permettrez-vous, madame, d'avoir l'honneur de vous accompagner? A revoir! mon cher Vieille-Roche.

M. DE VIEILLE-ROCHE, *bas à M<sup>me</sup> Derval.*

Songez, madame, au billet que vous venez de me promettre.

M<sup>me</sup> DERVAL.

Je cours l'écrire, monsieur. (Elle sort avec M. d'Arnay.)

## SCÈNE XI.

M. DE VIEILLE-ROCHE, *seul, les regardant sortir.*

Eh bien! voilà d'Arnay qui la suit. Je ne sais comment m'expliquer la contrariété que j'en éprouve, car enfin rien n'est plus naturel que de reconduire M<sup>me</sup> Derval chez elle ; la politesse lui en fait un devoir : une dame, une parente ; je crois cependant qu'il lui tenait la main quand je suis entré. Maudit carrossier! être venu troubler l'entretien si doux que j'avais avec elle. Mais ce cousin... Ah! quand je serai son mari... Après tout, il sera encore son cousin... Mais alors je dirai à ma femme, là, d'un ton marital : (Élevant la voix.) J'entends, madame, que... C'est qu'on a vu souvent ce ton manquer son effet. (Avec humeur.) Qu'y faire? Il me prend envie de lire, en attendant la lettre de M<sup>me</sup> Derval. Voyons, cherchons un peu... La Bruyère; je ne me sens aucune disposition à cette lecture : elle donne du noir. Molière, *l'École des Femmes :* le rôle d'Agnès est immoral. Essayons d'un ouvrage nouveau, *le Miroir des Salons :* il se rit de tout. Ah! voici du Casimir Delavigne : *l'École des Vieillards.* Je ne puis comprendre le succès qu'a obtenu cette pièce. (M. de Vieille-Roche parcourt le titre de plusieurs autres volumes qui sont sur la table, et s'arrête à un seul. C'est Lamartine. (Il lit, et s'interrompt peu après.) *L'Isolement!* comme c'est écrit! Que de vérités dans ces vers! (Posant le livre sur la table.) Impossible de continuer plus longtemps; je suis aussi impatient de recevoir ce billet que lorsque j'avais vingt-cinq ans... j'avais plus d'espérance alors que je n'en ai aujourd'hui. (M. de Vieille-Roche soupire. On entend Thérèse qui chante à la cantonade cette romance :

« Il n'est plus temps pour qu'amour nous engage, etc. »)

## SCÈNE XII.

### M. DE VIEILLE-ROCHE, *puis, après,* THÉRÈSE *et* FIRMIN.

#### FIRMIN, *apportant un billet.*

Monsieur, voici une lettre qu'un domestique à livrée verte vient d'apporter pour vous remettre.

**M. DE VIEILLE-ROCHE,** *prenant le billet.*

Donne, donne vite, mon cher Firmin. (Firmin lui donne la lettre; son maître l'ouvre précipitamment.)

**FIRMIN,** *s'en allant.*

*Mon cher Firmin!* mon cher Firmin; voilà pourtant monsieur devenu raisonnable. (Il sort.)

**M. DE VIEILLE-ROCHE,** *se frottant les yeux, et recommençant à lire la lettre tout haut.*

« Je vous remercie, Monsieur, de m'avoir permis de
« vous donner par écrit une réponse qu'il m'eût été
« pénible de vous faire de vive voix, puisque je ne
« peux accepter la proposition que vous avez bien
« voulu me faire de m'associer à votre nom et à votre
« fortune. Je sens tout ce que doit éprouver celle qui
« renonce à d'aussi grands avantages, et je me plais à
« vous témoigner ici ma reconnaissance. Je crois
« même devoir à la preuve d'estime dont vous m'avez
« honorée, et à l'amitié qui vous lie à mon cousin, de
« vous faire part, bien avant sa publicité, de notre pro-
« chain mariage. »

Ainsi elle épouse d'Arnay... (Il pose la lettre sur la table, et essaie de se lever.) Ouf! ouf! qu'est-ce donc? serait-ce la goutte? (Il étend la jambe.) Aïe! quelle douleur! J'ai éprouvé tant de contradictions aujourd'hui, qu'il ne serait pas surprenant... (Il essaie de nouveau de se relever, et retombe sur son siége.) Cela ne m'est que trop bien démon-tré à présent. (Il prend la sonnette qui était sur la table, et sonne très-fort en appelant.) Holà! eh! quelqu'un! Thérèse! Fir-min!

THÉRÈSE ET FIRMIN, *accourant*.

Nous voilà, monsieur, nous voilà; vous serait-il arrivé quelque malheur?

M. DE VIEILLE-ROCHE, *d'un ton de bonté*.

Oui; c'est la goutte, mes enfants. Firmin, approchez mon grand fauteuil; et vous, Thérèse, donnez-moi ma chancelière.

THÉRÈSE ET FIRMIN, *ensemble*.

Ah! vous n'attendrez pas longtemps, monsieur.

THÉRÈSE.

La goutte! quel bonheur! Firmin.

FIRMIN, *avec attendrissement*.

La goutte! je ne me sens pas de joie, Thérèse. (Ramenant le fauteuil.) Le voilà, monsieur, ce cher fauteuil : je le disais bien ce matin, qu'il ne fallait pas le mettre bien loin.

M. DE VIEILLE-ROCHE. *Il se soulève avec peine, et s'assied dans le fauteuil, aidé de Firmin, tandis que Thérèse lui arrange plusieurs oreillers sous la tête.*

Bien; fort bien comme cela, mes enfants. (On entend sonner du dehors; Firmin va et revient.)

FIRMIN.

Monsieur, c'est un garçon du carrossier qui demande à parler à Monsieur, par rapport au briska qu'il a commandé.

M. DE VIEILLE-ROCHE.

Tenez, Firmin, vous lui remettrez ceci. (M. de Vieille-

Roche prend une feuille de papier sur laquelle il écrit quelques lignes, il cachète ensuite sa lettre après l'avoir pliée, et la donne à Firmin.

FIRMIN, *regardant l'adresse.*

A monsieur d'Arnay.

M. DE VIEILLE-ROCHE.

Justement; un briska convient mieux à son âge qu'au mien; c'est un présent de noces que je lui fais.

FIRMIN, *surpris.*

M. d'Arnay se marie?

M. DE VIEILLE-ROCHE.

Oui, avec la jeune dame qui est venue ce matin.

THÉRÈSE.

Dieu soit loué! Mais combien nous avons été injustes, Firmin!

M. DE VIEILLE-ROCHE.

Que dites-vous, Thérèse?

THÉRÈSE.

Pour ne vous rien cacher, monsieur, nous avions cru, Firmin et moi, que c'était vous qui vouliez vous marier.

M. DE VIEILLE-ROCHE.

Moi! y songiez-vous, Thérèse?

« Épouser aussi tard femme jeune et jolie.

« Cela peut réussir, mais ce n'est pas commun.

« . . . . . . . . Sur mille on en trouve un ;

. . . . . . . . . . . . . . . . . . . . . . . . . . . . . . . . . .

« Où d'autres ont glissé je puis faire un faux pas,

« Et votre maître, amis, ne se mariera pas. »  [1]

*L'École des Vieillards.*

# LE BAL

# ET LE LANSQUENET.

## PERSONNAGES.

Mᵐᵉ DE BELLECOUR.

Mᵐᵉ D'ARMINVILLE.

ALFRED DE SAINT-LÉONCE, parent de Mᵐᵉ de Bellecour.

ERNEST D'HARCOURT.

GUSTAVE DE RANCÉ.

AMÉDÉE DE BELVAL.

LUCILE, femme de chambre de Mᵐᵉ de Bellecour.

# LE BAL

# ET LE LANSQUENET

### PREMIÈRE PARTIE.

*Appartement de madame de Bellecour.*

## SCÈNE I.

### M^me DE BELLECOUR , LUCILE.

M^me DE BELLECOUR, *devant une psyché, raccommodant une boucle de cheveux.*

Allons, voilà qui est décidé, Hippolyte m'a beaucoup moins bien coiffée aujourd'hui que pour le dernier bal de l'ambassadeur de Russie. Cette boucle est trop tombante, et laisse à peine apercevoir le sourcil. (Avec impatience.) Mais donnez-moi ma pommade rose, Lucile ; vous ne m'êtes d'aucun secours.

LUCILE, *présentant la pommade à M^me de Bellecour.*

Je puis assurer à Madame que le mal est moins grand qu'il ne lui paraît.

M<sup>me</sup> DE BELLECOUR, *haussant les épaules.*

Est-ce votre avis que je vous demande, mademoiselle ? c'est mon miroir que je consulte.

LUCILE.

Il doit dire à Madame qu'elle est parfaitement bien
comme cela, et que personne ne sera certainement ar-
rangé ce soir avec plus d'élégance et de goût, et plus
à l'air de sa physionomie.

M<sup>me</sup> DE BELLECOUR, *se retournant vers elle.*

Vous croyez, Lucile ?

LUCILE.

Oh ! pour cela, j'en suis bien sûre ! Ce costume
charmant, cette coiffure elle-même, quoi qu'en dise Madame, feront bien des envieuses.

M<sup>me</sup> DE BELLECOUR, *souriant.*

C'est surtout M<sup>me</sup> d'Arminville que je voudrais.....
Elle est d'une suffisance, d'une vanité !....

LUCILE.

Elle m'a paru assez belle, dans les visites qu'elle a
faites à Madame.

M<sup>me</sup> DE BELLECOUR, *d'un air d'indifférence.*

Belle !... Pas mal !... Mais je crois reconnaître la
voix de M. de Saint-Léonce ; allez voir, Lucile. (Pendant
ce temps M<sup>me</sup> de Bellecour prend son bouquet.)

LUCILE, *revenant.*

Oui, madame, c'est M. de Saint-Léonce ; il parle à Clément.

M^me DE BELLECOUR, *avec distraction.*

Que disiez-vous, Lucile ?... Ce bouquet...

LUCILE.

Je ne parlais pas de bouquet, madame ; je demandais s'il fallait laisser entrer M. de Saint-Léonce.

M^me DE BELLECOUR, *indifféremment, et essayant toujours le bouquet.*

Il ne reste plus que ce bouquet à placer et un nœud à mettre. Faites entrer, Lucile.

## SCÈNE II.

M^me DE BELLECOUR, LUCILE, ALFRED.

ALFRED, *en entrant.*

Bonsoir, ma chère cousine. On ne saurait demander à une jolie femme de ses nouvelles le jour d'un bal, n'est-ce pas ? c'est convenu.

M^me DE BELLECOUR, *nonchalamment.*

J'ai cependant été souffrante toute la matinée.

ALFRED.

Souffrante ! il n'y paraît pas : vous êtes fraîche comme une rose. Mais comment se fait-il, ma belle cousine,

que vous n'ayez pas encore terminé votre toilette? il est
dix heures.

Mᵐᵉ DE BELLECOUR.

Tout cela dépend, mon cousin, de l'heure où l'on
commence.

LUCILE.

Nous ne sommes ici que depuis sept.....

Mᵐᵉ DE BELLECOUR *jette un cri.*

Aïe !

ALFRED, *avec inquiétude.*

Qu'arrive-t-il, madame? qu'avez-vous?

Mᵐᵉ DE BELLECOUR.

Lucile est d'une maladresse!... sans attention à ce
qu'elle fait!... Elle vient de me piquer.

ALFRED, *souriant.*

Le bal fera bientôt oublier, j'espère, ce léger mal.
Mais que reste-t-il à faire à présent, pour voir enfin
cette toilette achevée?

LUCILE.

Le plus essentiel, monsieur : attacher quelques
nœuds.

ALFRED.

Bon, un ruban ! ce n'est qu'une bagatelle, un ac-
cessoire !

Mᵐᵉ DE BELLECOUR.

Barbare! voilà pourtant comme sont les hommes;
un ruban passe à leurs yeux pour une bagatelle. (Souriant.)

Pour le vulgaire, passe encore.... mais vous, mon cousin ; vous qui faites des vers !

ALFRED.

Allons, ma cousine , vous ne m'avez pas encore pardonné mon madrigal à M^me d'Arminville. (Regardant à sa montre.) Dix heures et demie ; je suis à la minute sur l'horloge des Tuileries : vous m'aviez cependant promis qu'à neuf heures...

M^me DE BELLECOUR.

Vous êtes désespérant d'exactitude. (Durant tout le dialogue d'Alfred et de M^me de Bellecour, Lucile attache les nœuds et met des épingles, que sa maîtresse ôte continuellement.)

ALFRED.

Mais vous n'en finirez jamais, si vous défaites à mesure l'ouvrage de Lucile.

M^me DE BELLECOUR.

Comment ! quand elle laisse faire des plis à mon corsage, vous voulez...

ALFRED.

Je ne veux rien, je vous assure. Que faites-vous de ce bouquet, au lieu de le poser tout de suite ? Il vous occupe fort.

M^me DE BELLECOUR, *tendrement.*

Il me vient de vous, Alfred.

ALFRED.

Fort bien ; (souriant) est-ce une raison pour rester si longtemps à le placer ?

M<sup>me</sup> DE BELLECOUR, *avec un peu d'humeur.*

En vérité, mon cousin, vous êtes aussi difficile que le serait un mari de dix ans. (Jetant le bouquet avec impatience.) Eh bien ! moi, je n'en veux pas du tout de ce bouquet.

ALFRED, *froidement, et ramassant le bouquet.*

Un auteur de nos jours a bien raison lorsqu'il dit que, « le soir d'un bal, l'amant d'une jolie femme est le bal [1]. » (Lentement, les yeux fixés sur le bouquet.) **Moi** qui espérais parer de ces fleurs celle à qui bientôt les nœuds les plus doux...

M<sup>me</sup> DE BELLECOUR, *interrompant vivement Alfred.*

Rendez-moi ce bouquet, monsieur !

ALFRED.

Pardon, madame, il ne vous appartient plus.

M<sup>me</sup> DE BELLECOUR, *avec sentiment.*

Je vous en prie, donnez-moi ces fleurs, mon cher Alfred ; je vous les rendrai après le bal.

ALFRED, *toujours froidement.*

Nous y allons donc ?

M<sup>me</sup> DE BELLECOUR.

Oui, oui ; partons vite : les chevaux sont prêts.

---

[1] Le comte de Maistre.

LUCILE, *à part.*

Ah! ce ne sont jamais eux qui font attendre.

ALFRED, *remettant le bouquet à M^{me} de Bellecour.*

Souvenez-vous de la condition. (M^{me} de Bellecour prend le bouquet, le place sur son cœur en regardant Alfred, qui sourit. Ils sortent.)

## *DEUXIÈME PARTIE.*

### *Le Bal.*

M^{me} DE BELLECOUR, M^{me} D'ARMINVILLE, ALFRED, ERNEST, GUSTAVE, AMÉDÉE.

(Au moment où paraissent M^{me} de Bellecour et Alfred, les trois cavaliers qui étaient auprès de M^{me} d'Arminville semblent vouloir s'éloigner, et suivent des yeux M^{me} de Bellecour.)

ERNEST.

Le bal sera brillant.

GUSTAVE.

Onze heurés ! je craignais que M^{me} de Bellecour ne vînt pas : pour qui aime la danse, c'est un peu tard.

M^{me} D'ARMINVILLE.

En arrivant ainsi, on dérange tout le monde ; cela est d'un plus grand effet !

AMÉDÉE, *regardant M^{me} de Bellecour.*

Que de grâces dans toute sa personne !

Mᵐᵉ D'ARMINVILLE, *avec un peu d'impatience.*

La contredanse ne commencera donc pas ?

ERNEST.

Madame a peut-être froid ?

GUSTAVE, *à Ernest.*

Tiens, j'aperçois Mᵐᵉ de Bellecour faisant déjà la liste de ses danseurs; je cours m'enrôler pour une polka.

AMÉDÉE, *retenant Gustave.*

Comme il est difficile, à cause de la foule, d'arriver jusque-là, prie Mᵐᵉ de Bellecour de m'en réserver une. (Gustave s'en va.)

ERNEST, *riant, à Amédée.*

Dans un tel concours, on fait mal ses affaires par ambassade.

Mᵐᵉ D'ARMINVILLE, *avec humeur.*

S'assiéra-t-elle enfin ? Je suis tout assourdie du brouhaha qui règne depuis un quart d'heure.

AMÉDÉE.

Le bal est si nombreux; il n'y a de place nulle part; les banquettes sont remplies. Mᵐᵉ de Bellecour semble se diriger de ce côté.

Mᵐᵉ D'ARMINVILLE.

De ce côté ! impossible à personne de se placer ici; nous sommes déjà mal à l'aise. (Elle étale la garniture de sa robe autour d'elle.)

**AMÉDÉE.**

En se rapprochant un peu...

**M^me D'ARMINVILLE.**

En se rapprochant ! cela vous est bien aisé à dire, à vous, messieurs, avec vos habits de drap ; mais nos robes sont si légères que l'on tient à conserver leur fraîcheur.

**AMÉDÉE.**

Voici M^me de Bellecour.

**M^me DE BELLECOUR.** *Alfred lui donne le bras.*

Bon Dieu, que de monde ! Il y en a un peu moins de ce côté ; qu'en dites-vous, Alfred ? (Apercevant M^me d'Arminville.) Ah ! bonjour, madame ; voudrez-vous bien me faire une place auprès de vous ? je serais si heureuse...

**M^me D'ARMINVILLE.**

Si cela se pouvait, ce serait avec beaucoup de joie, madame ; mais vous seriez trop gênée.

**M^me DE BELLECOUR,** *avec légèreté.*

N'importe : au bal, on ne s'assied jamais pour long-temps.

**GUSTAVE,** *à Amédée.*

Malgré tout mon empressement, mon cher, je ne suis arrivé auprès de Madame que pour être inscrit le neuvième sur sa liste.

**AMÉDÉE,** *riant.*

Mon numéro vient sans doute après le tien ? à moins toutefois que tu ne te sois piqué de générosité.

GUSTAVE.

La contredanse qui est pour toi ! (Riant.) **Ma foi !** tu danseras une polka, si tu peux ; car j'ai oublié ta requête.

ERNEST, *à Amédée.*

Je te le disais bien, mon cher : voilà nos ambassadeurs qui songent d'abord à eux-mêmes ; la diplomatie vient ensuite.

AMÉDÉE.

En ce cas, adieu ; je vais tenter le sort au lansquenet. (Il s'en va.)

ERNEST, *à M^{me} de Bellecour.*

Oserais-je me flatter, madame, qu'au milieu d'un si grand concours, vous ayez daigné vous souvenir de la contredanse que vous me fîtes l'honneur de me promettre, avant-hier, au bal de l'ambassadeur d'Espagne ?

M^{me} D'ARMINVILLE, *à part.*

Quel sot voisinage !

M^{me} DE BELLECOUR, *à Ernest, avec un air d'embarras.*

Comment, monsieur Ernest... vous... vous y songez encore ?...

ERNEST.

Je n'aurais eu garde de l'oublier, madame : c'est la deuxième que l'on doit danser à partir de votre arrivée au bal.

M^{me} DE BELLECOUR, *à part.*

Comment faire ? je viens de promettre à un autre ?

(Haut.) Vous êtes certain, monsieur, que c'était la deuxième?

MARGE: ERNEST.

Oh! très-certain, madame; (souriant) s'il vous en souvient, vous me fîtes cette promesse, à titre de dédommagement à la suite d'un quiproquo dont je fus victime, et qui tourna au profit d'Alfred; (d'un ton suffisant) mais je ne m'en plains pas...

MARGE: Mᵐᵉ D'ARMINVILLE, *à part.*

Je ne sais rien de plus insipide que cette conversation.

MARGE: Mᵐᵉ DE BELLECOUR, *à Mᵐᵉ d'Arminville.*

Vous paraissez souffrir, madame?

MARGE: Mᵐᵉ D'ARMINVILLE.

La foule... la chaleur, m'incommodent un peu, il est vrai.

MARGE: Mᵐᵉ DE BELLECOUR, *d'un ton d'intérêt.*

Combien je suis peinée d'y être venue ajouter encore! (Mᵐᵉ d'Arminville ouvre son éventail, qu'elle agite avec affectation.)

MARGE: AMÉDÉE, *revenant, dit bas à Ernest.*

Il y a là-dedans une veine à rompre. C'est d'Angeville qui tient la banque: il ne peut toujours gagner; la fortune se lasse à la fin. Si tu veux, je parie pour toi!

MARGE: ERNEST.

Je te suis. (Ils sortent.)

(L'orchestre annonce la contredanse. Alfred s'approche de Mᵐᵉ de Bellecour, et lui offre la main pour la conduire vers un des quadrilles qui se forment. M^me d'Arminville reste seule )

GUSTAVE.

Votre intention, madame, n'est sans doute pas de danser celle-ci?

M^me D'ARMINVILLE.

Pardon, monsieur; mais je m'aperçois que je suis oubliée par M. Ernest d'Harcour.

GUSTAVE, *lui offrant la main.*

Trop heureux, madame, si vous me permettez de réparer un oubli impardonnable. (M^me d'Arminville accepte le bras de Gustave, qui l'emmène vers un des quadrilles. . . . . . . . . . . . .
. . . . . . . . . . . . . . . . . . . . . . . . . . . . . . . . . . . . . . . . . . . . . . . . . . . .
Après la contredanse, chaque cavalier ramène sa dame à sa place. Alfred cause quelques-instants avec M^me d'Arminville, et se retire ensuite. Gustave demeure auprès de M^mes d'Arminville et de Bellecour.)

M^me DE BELLECOUR, *à M^me d'Arminville.*

Je ne vois plus ici ni M. Ernest ni M. Amédée; ils ont abandonné le bal.

M^me D'ARMINVILLE.

Je gagerais qu'ils sont au lansquenet.

M^me DE BELLECOUR.

Pour moi, je voudrais que M. Ernest y oubliât sa deuxième contredanse. Imaginez que je ne m'en suis plus souvenue, et que j'ai contracté tout-à-l'heure un engagement nouveau pour le même quadrille.

M^me D'ARMINVILLE.

Le trop embarrasse quelquefois.

GUSTAVE, *riant.*

Ce serait à nous de craindre la concurrence.

M<sup>me</sup> DE BELLECOUR.

Je n'avais pas mis son nom sur mon éventail, et j'ai si mauvaise mémoire.. (A part.) Si Alfred savait cela, il ne manquerait pas de me gronder, selon son usage.

GUSTAVE, *à M<sup>me</sup> de Bellecour.*

Mais qu'avez-vous, madame? vous semblez rêver.

M<sup>me</sup> DE BELLECOUR.

Je songe à cette deuxième contredanse, qui approche.

GUSTAVE.

Si je savais quel est le nom du second cavalier, madame, je pourrais peut-être arranger cette affaire.

M<sup>me</sup> DE BELLECOUR.

Je l'ignore moi-même; j'étais si occupée à démêler une place au milieu de tant de monde, que j'ai seulement retenu le rang de celui qui m'avait priée à danser. (Gustave s'éloigne.)

M<sup>me</sup> D'ARMINVILLE.

Mais vous espériez, il n'y a qu'un moment, madame, que M. Ernest vous oublierait, (d'un air de confidence) et je pourrais dire même que c'est une habitude chez messieurs les joueurs de lansquenet. Tout-à-l'heure, sans M. Gustave, je courais grand risque de rester à ma place.

Mᵐᵉ DE BELLECOUR.

Dansez-vous celle-ci?

Mᵐᵉ D'ARMINVILLE.

Oui, avec le colonel Forlis, et la suivante avec M. de Saint-Léonce. Mais pourquoi cela?

Mᵐᵉ DE BELLECOUR.

C'est que vous eussiez pu venir à mon secours dans le cas où ces deux messieurs se seraient présentés à-la-fois.

Mᵐᵉ D'ARMINVILLE.

M'offrir en dédommagement! Ah! ce ne serait pas leur compte!

Mᵐᵉ DE BELLECOUR.

Oh! madame, j'aurais droit à leur reconnaissance!

Mᵐᵉ D'ARMINVILLE.

Ce serait avec plaisir, si différents engagements, par moi pris à l'avance, n'y mettaient obstacle; mais vous êtes, en vérité, trop bonne de vous tourmenter ainsi. (A part.) Deux cavaliers! cela amène une petite lutte; cela fait diversion, c'est amusant.

Mᵐᵉ DE BELLECOUR.

Je crains, je l'avoue, qu'ils n'arrivent ensemble.

Mᵐᵉ D'ARMINVILLE.

C'est embarrassant. (A part.) Je l'espère bien!

(L'orchestre annonce la deuxième contredanse. Le colonel et Mᵐᵉ d'Arminville se dirigent vers un des quadrilles.)

M<sup>me</sup> DE BELLECOUR, *seule, assise tristement sur la banquette,*
*et regardant autour d'elle.*

Personne ne vient! Comment se fait-il donc que tous
deux ?... Mais voici Alfred : il m'apprendra peut-être
pourquoi M. Ernest...

ALFRED, *riant, et s'approchant de* M<sup>me</sup> *de Bellecour.*

Eh bien ! la belle délaissée !

M<sup>me</sup> DE BELLECOUR, *avec humeur.*

Que voulez-vous dire ?

ALFRED.

Que vos danseurs sont aux prises au lansquenet.

M<sup>me</sup> DE BELLECOUR.

Et c'est en riant que vous m'apportez cette nouvelle ?

ALFRED.

Sans doute; par intérêt pour votre santé.

M<sup>me</sup> DE BELLECOUR, *avec humeur.*

Je ne vous sais aucun gré de ce soin... Rester ainsi
sur sa banquette !

ALFRED, *riant.*

En effet, rester abandonnée! comment supporter un
pareil supplice? Cependant, si vous le vouliez, ma-
dame, on pourrait le faire cesser. (Il offre son bras à M<sup>me</sup> de
Bellecour.)

M<sup>me</sup> DE BELLECOUR.

Non, non, certes ; j'aurais l'air, alors, d'avoir été
oubliée...

ALFRED.

Et pour une jolie femme, allons, le trait est piquant : deux danseurs pour la même contredanse ! et voilà que le jeu... (Il rit.) Ah ! ah ! ah !

M^me DE BELLECOUR, *surprise.*

Deux danseurs ! comment le savez-vous ?

ALFRED, *avec intention.*

Dans le désir de plaire à ma charmante cousine, j'ai, depuis longtemps, mis tous mes soins à étudier ses goûts, à observer ses habitudes...

M^me DE BELLECOUR, *l'interrompant.*

Eh bien ! est-ce que je suis habituée à manquer de danseurs ?

ALFRED.

Loin de vouloir dire cela, j'ai remarqué au contraire que ma jolie cousine en avait toujours le double de ce qu'il fallait : ainsi, l'autre jour, au bal de M^me de Saint-Ange ; avant-hier encore, chez l'ambassadeur d'Espagne, Édouard et Monval se présentèrent pour le même quadrille.

M^me DE BELLECOUR, *affectant de sourire.*

Des fêtes passées ! ah ! vous avez de la rancune, mon cousin : c'est de celle d'aujourd'hui qu'il s'agissait.

ALFRED.

D'aujourd'hui ? oh ! m'y voici : j'étais dans le salon du jeu lorsque Gustave y est entré ; Ernest et Anatole

venaient de commencer une partie de lansquenet.—La
contredanse est-elle achevée ? demande Ernest.—L'orchestre annonce déjà la suivante, répond Anatole, et
.dépêchons-nous, car je dois la danser avec M^me de
Bellecour. — Tu te trompes sans doute, dit Ernest ;
elle vient de me la promettre. Mais finissons la partie :
l'un de nous deux renverra l'autre... — Et tenez, madame, voici Ernest qui vient se consoler près de vous
des rigueurs de la fortune.

M^me DE BELLECOUR.

Il est temps, à présent que la contredanse est près
de s'achever !

ERNEST, *apercevant* M^me *de Bellecour.*

O ciel, madame ! ai-je été assez malheureux !... et
cette contredanse...

M^me DE BELLECOUR, *avec intention.*

Était la deuxième, monsieur ; celle que je vous avais
promise, disiez-vous...

M^me D'ARMINVILLE, *riant; elle est ramenée par le colonel.*

Oui, querellez-le bien fort, madame ! laisser ainsi
une jolie femme griller sur une banquette, et cela pour
un odieux lansquenet ; en vérité, je suis tentée de for-
mer une coalition contre le jeu.

ERNEST.

Et moi aussi ; du moins ce soir : car le destin m'a
toujours été contraire.

**M<sup>me</sup> D'ARMINVILLE, *riant.***

Guerre au lansquenet et à l'écarté! vous n'y perdrez plus de napoléons, et nous y gagnerons des danseurs.

**ERNEST.**

Et vous aussi, madame? Je suis un homme perdu.

**ALFRED, *riant.***

Allons, mesdames, un peu de pitié, je vous en prie, pour ce pauvre garçon.

**M<sup>me</sup> DE BELLECOUR.**

Oui, riez, mon cousin! (Avec dépit.) Pour moi, je prétends désormais, bien que vous en disiez, Alfred, tripler, quadrupler, s'il le faut, les danseurs pour chacune de mes contredanses; de cette manière, peut-être, du moins les danserai-je toutes.

**ALFRED, *riant.***

Oh! vous aurez raison! ma belle cousine, de vous venger (à demi-voix) d'Ernest.

**M<sup>me</sup> D'ARMINVILLE, *souriant.***

Eh bien! jusqu'ici je croyais n'avoir à redouter dans le monde que les seules rivalités de mon sexe; mais je m'aperçois aujourd'hui qu'au bal, le plus grand ennemi des femmes est encore l'amour du jeu.

**ERNEST, *bas à Alfred.***

As-tu vingt-cinq louis à me prêter?

# UNE FÊTE

# A VINCENNES

Louis Lassalle del. et lith.                    Imp de A Godard

_Fatiguées de la danse, les deux jeunes sylphides s'étaient retirées à l'écart.

# UNE FÊTE

# A VINCENNES.

—◦◈✕◈◦—

Du temps de M<sup>me</sup> de Sévigné, on écrivait beaucoup de lettres. Les piquantes anecdotes de la ville et de la cour, les grandes nouvelles de l'armée, étaient transmises par de hauts personnages, qui les communiquaient à leurs amis éloignés de la capitale. C'est ainsi que nous devons à l'absence de la belle comtesse de Grignan, gouvernante de Provence, la délicieuse correspondance de la spirituelle marquise de Sévigné.

Aujourd'hui, la multiplicité des journaux dispense d'écrire les petites nouvelles, les événements plus sérieux, les faits importants, les Lelles fêtes qui se donnent : toutes ces choses sont du domaine de la presse quotidienne, qui ne manque jamais d'en entretenir ses lecteurs. Les parents et les amis ne s'écrivent guère plus que pour des intérêts particuliers ; la feuille pé-

riodique prendrait d'ailleurs l'initiative sur votre lettre,
pour peu que vous laissassiez passer un courrier.

La France contemporaine y gagne ce qu'y perdra la
postérité. Comment présumer, en effet, qu'il se trou-
vera, dans cent ans d'ici, un écrivain qui, dans le seul
désir de reproduire quelques comédies ou quelques
drames de la société de nos jours, aura le courage de
secouer la poussière d'une collection des *Débats*, du
*Siècle* ou du *Constitutionnel*, tandis qu'une simple
lettre, une missive échappée à la plume légère d'une
femme, recueillie par un amateur d'autographes, nous
transporte sur le lieu de la scène, et nous fait partager
les émotions qu'elle a éprouvées ; nous parcourons avec
elle le cercle qu'elle a décrit ; les personnages qu'elle
dépeint apparaissent encore vivants devant nous.

Les journaux ont rendu compte de l'inauguration
du polygone de l'école d'artillerie de Vincennes par
S. A. R. Monseigneur le duc de Montpensier, et de la
brillante réunion qui eut lieu, à cette occasion, dans une
partie de la forêt transformée en salle de bal. Est-ce
présomption? est-ce témérité? ou plutôt charme de
souvenir? je vais essayer, mes chers lecteurs, et surtout
vous, mes aimables lectrices, de vous faire assister à
cette belle fête ; je rapporterai mot-à-mot la conversation de deux jeunes femmes, reines du monde élégant,
que l'attrait du plaisir amena dans la capitale tout exprès pour y assister.

La belle saison avait déjà éloigné de Paris et rap-
pelé dans leurs terres Mᵐᵉ Doudeville et son amie,
la jolie, la piquante baronne de Rosny ; mais le moyen

de résister à un enchantement comparable à ceux des *Mille et une Nuits?*

Bien que trois mille invitations eussent été distribuées, le parc des Minimes permettant d'agrandir et d'étendre à volonté le lieu de réception, on ne ressentait aucunement les inconvénients de la foule ; chacun circulait avec facilité dans ces féeriques allées , à la clarté de milliers de bougies et de lanternes chinoises, petits globes de feu de diverses couleurs, suspendus entre la voûte des cieux et la terre, pour éclairer un séjour si délicieusement disposé pour le plaisir. Nous le parcourions avec ravissement, en admirant cet ensemble de la fête dont l'arrangement paraissait avoir été prévu par un génie bienfaisant, pour le mariage du fils d'un roi, comme on dirait dans un conte de Perrault. Ces lustres resplendissants, la belle famille des princes et des princesses royales, brillante de jeunesse et d'attraits, entourée des hauts fonctionnaires de l'État et de l'élite de la société parisienne ; ce spectacle captivait toute notre attention, quand nous en fûmes distraits par la vue de deux jeunes femmes, assises au pied d'un de ces chênes antiques d'où saint Louis rendait quelquefois la justice à son peuple ; car :

« Les ombrages de Vincennes parlent encore de ses vertus. »

A la forme aérienne des deux jeunes femmes, à leur costume vaporeux, à la blancheur de leur cou de cygne et de leurs épaules nues et transparentes, à la couronne de verdure qui ornait leurs têtes, comme au temps des druides, je crus d'abord apercevoir des hamadryades .

deux de ces demi-déesses, qui ont autrefois habité le bois de Vincennes; mais bientôt, à leur entretien, je reconnus en elles d'aimables mortelles.

Fatiguées de la danse, les jeunes sylphides, après
une valse rapide, s'étaient retirées à l'écart pour chercher la fraîcheur. Elles se reposaient sous ces grands
arbres, sur un tapis de fleurs, la nature ayant fourni son
contingent pour cette fête, tout aussi bien que le
garde-meuble de la couronne.

Les riches parterres de Versailles, de Saint-Cloud
et de Neuilly, avaient ouvert leurs corbeilles de roses et
d'œillets pour en couvrir le parc royal; les canons de
Vincennes et tout l'effrayant appareil de la guerre se
dérobaient sous la mousse et le gazon. Doûze commis-
saires, choisis par le prince parmi les officiers d'artil-
tillerie pour présider aux détails de la fête, présen-
taient un bouquet à chaque dame qui entrait dans le
bal... Mais écoutons les deux jeunes *lionnes* qui, en se
reposant pendant quelques instants du plaisir de la
danse, se livraient sans contrainte au charme de cette
soirée, en la passant en revue.

Mᵐᵉ DOUDEVILLE.

Que cette nuit est belle! On respire ici, au milieu
d'une nombreuse assemblée, un air pur et léger qu'on
chercherait vainement à la ville et aux fêtes de nos salons : les appartements les plus vastes et les plus somp-
tueux sont toujours chargés d'une atmosphère lourde
et étouffante; tandis que, sous ces voûtes de feuillages,

on sent le bonheur de vivre. Anna, ne l'éprouves-tu pas aussi?

M<sup>me</sup> DE ROSNY.

Quant à moi, en arrivant à l'entrée du parc, j'ai cru voir se réaliser un de ces contes merveilleux de l'Orient : ce magnifique portique de lumières dont le reflet est adouci par ces myriades de lampes étincelantes de mille feux de couleur, verts, roses, bleus; ces girandoles entremêlées aux guirlandes de fleurs qui décorent ces grands arbres, offrent l'aspect d'un palais enchanté; j'en ai été, je l'avoue, soudainement éblouie.

M<sup>me</sup> DOUDEVILLE, *souriant.*

Les jardins où la belle Armide retenait le vaillant Renaud ne pouvaient pas être plus séduisants; j'admire ces faisceaux d'armes et ces trophées qui décorent le piédestal de LL. MM. le roi et la reine, dont les bustes, placés à l'extrémité de la grande avenue, semblent présider à une fête de famille.

M<sup>me</sup> DE ROSNY.

Leurs Majestés auront lieu d'être satisfaites de l'accueil qu'on fait à l'infante; il est vrai de dire que S. A. R. le duc de Montpensier se concilie toutes les sympathies.

M<sup>me</sup> DOUDEVILLE, *du ton de la plaisanterie.*

On voit bien, madame, que vous êtes la femme d'un officier d'artillerie, et, de plus, très-jolie : votre suffrage flatterait le prince, s'il pouvait vous entendre.

**Mᵐᵉ DE ROSNY.**

Je n'admets que la première partie de ce que tu viens
de dire. En effet, l'artillerie et le génie adorent le
prince : il met tant de grâce et de bonté dans ses rapports avec ces deux armes! Mais, si on admire son
savoir dans les comités d'artillerie, conviens, ma
chère Valentine, qu'il s'entend également bien à
ordonner une fête militaire; vois plutôt l'air majestueux des guerriers du moyen-âge, sentinelles discrè-
tes de cette brillante fête, et ces figures équestres pla-
cées entre ces grands arbres.

**Mᵐᵉ DOUDEVILLE, *s'étendant nonchalamment.***

Je ne serais pas si fatiguée, ma chère Anna, et le bal
serait beaucoup moins animé si nous n'avions que ces
simulacres de chevaliers; je gagerais même que peu de
danseuses s'en contenteraient.

**Mᵐᵉ DE ROSNY, *souriant.***

Aussi, Son Altesse Royale a-t-elle eu le soin d'en
appeler d'autres; mais moi je me plais à voir la lance
d'acier et le bouclier d'airain; les temps de la chevalerie charment mon imagination : il me semble voir saint
Louis, suivi de ses preux, partant pour la croisade; la
cuirasse de ce guerrier qui est devant toi a peut-être
été portée par le beau Lusignan, fiancé fidèle de l'al-
tière Isabelle d'Angoulême, reine d'Angleterre. J'aime
à rappeler à mes souvenirs les temps historiques, en
respirant la brise parfumée et en me reposant au milieu des fleurs.

**Mᵐᵉ DOUDEVILLE.**

Je conviens que les trophées de la gloire ne me trouvent pas insensible; mais la réalité m'effraie en songeant à la guerre : ces monceaux d'obus, ces pyramides de bombes, ces canons, tout ce matériel redoutable de la citadelle, me font détourner les yeux, pour ne penser qu'au plaisir que je suis venu chercher et que je rencontre dans cette belle fête.

**Mᵐᵉ DE ROSNY,** *avec intention.*

M. le colonel de Fresne est-il ici?

**Mᵐᵉ DOUDEVILLE.**

Méchante!...

**Mᵐᵉ DE ROSNY.**

Non, non; c'était une simple question, en voyant ton effroi à l'aspect de l'appareil de la guerre. Ne partil pas pour Alger avec Monseigneur le duc d'Aumale?

**Mᵐᵉ DOUDEVILLE,** *tristement.*

Sa famille n'en sait rien encore.

**Mᵐᵉ DE ROSNY.**

Sa famille, c'est possible; mais toi?... C'est un très-beau poste, et très-envié...

**Mᵐᵉ DOUDEVILLE.**

Oui, mais dangereux... Parlons de la fête, c'est beaucoup plus gai. Je me repens déjà d'avoir dit au colonel que je ne voulais me remarier qu'avec un maréchal de camp. Depuis deux jours surtout je proteste contre l'ambition.

Mᵐᵉ DE ROSNY, à part.

Je devine : depuis deux jours le colonel a reçu sa commission. (Haut.) Eh bien ! revenons à la soirée, ma chère Valentine ; aussi bien, le coup-d'œil du bal me semble plus agréable, vu d'ici : ces douze cents femmes, élégamment parées, circulant parmi ces brillants uniformes et ces costumes des différents corps de l'Etat ; toutes ces illustrations des arts et de la science ; ces ambassadeurs représentant les diverses cours étrangères, aperçus d'un peu loin, produisent un plus grand effet ; nos dentelles, du moins, ne courent pas le danger d'être compromises par les épaulettes.

Mᵐᵉ DOUDEVILLE.

As-tu remarqué Bou-Maza, l'homme à la chèvre ? Il est à lui seul un épisode pittoresque : son regard m'a paru sombre et tant soit peu farouche ; il n'a, dit-on, que vingt-six ans, et que n'a-t-on pas raconté déjà de sa vie aventureuse ?

Mᵐᵉ DE ROSNY.

La présence de ce jeune chef arabe à Paris est un des plus beaux résultats de notre civilisation. Je lui trouve l'air triste : il regrette peut-être son harem, le pieux marabout !

Mᵐᵉ DOUDEVILLE.

Les houris ne manquent pas ici. Le parc des Minimes doit, pour lui, ressembler au paradis de Mahomet.

Moi, je n'aime pas ces burnous : l'uniforme, le casque siéent bien mieux aux hommes que ces voiles où s'enveloppe la barbe africaine.

M^{me} DE ROSNY.

C'est certain : à nous les tissus de cachemires et les turbans, et aux militaires les épaulettes et les riches broderies d'or.

M^{me} DOUDEVILLE.

On compterait à peine deux turbans aujourd'hui : les touffes de fleurs naturelles, posées sur le côté de la tête, sont à l'ordre du jour, de même que les bouquets au corsage.

M^{me} DE ROSNY.

C'est tout simple : la toilette s'harmonise avec la saison, le lieu, les ombrages verts, et les fraîches parures en tissus légers ; jusqu'aux arbres, qui étalent avec orgueil une ceinture de fleurs dont l'air est embaumé.

M^{me} DOUDEVILLE.

Le prince n'a rien épargné pour rendre cette fête véritablement royale et digne de l'alliance qu'il a contractée. Ce qui me charme le plus, ce sont ces tentes hospitalières, si diversifiées, tendues çà et là, au milieu des clairières.

M^{me} DE ROSNY.

Cette attention est charmante ; on pourrait la nommer l'intelligence du cœur. Tous les convives sont appelés à s'y venir reposer en liberté. On dit aussi que d'abondantes aumônes ont devancé la fête. Tous ces soins attentifs, bienfaisants, séduisent et entraînent les cœurs.

M<sup>me</sup> DOUDEVILLE.

Le jeune prince a déjà des habitudes de grandeur et de magnificence ; il ressemble à son aïeul Louis XIV, qui donnait de si belles fêtes à Versailles, et, comme ce monarque, il a épousé une infante d'Espagne.

M<sup>me</sup> DE ROSNY, *vivement.*

Ajoutez, ma chère Valentine, que la princesse Luizza est jolie et gracieuse, tandis que Marie-Thérèse, en se montrant, faisait presque excuser les négligences conjugales du héros qui a franchi le Rhin.

M<sup>me</sup> DOUDEVILLE, *souriant.*

L'histoire raconte qu'en effet ce monarque voguait quelquefois sur le fleuve de *Tendre,* selon l'expression de M<sup>lle</sup> de Scudéry. Jadis on était tenté de plaindre les princes obligés de contracter par position des alliances qui ne pouvaient s'accorder avec leur goût ; il n'en est pas de même aujourd'hui, à voir les charmantes belles-filles du roi et de la reine des Français.

M<sup>me</sup> DE ROSNY.

Un motif, le plus éventuel de tous, l'intérêt des peuples, présidait aux alliances des héritiers du trône, et cet intérêt-là s'évanouissait au moindre différend des souverains entre eux : c'est surtout dans la tente de l'empereur Napoléon que cette pensée se présente dans toute sa force.

##### M<sup>me</sup> DOUDEVILLE.

La grande alliance avec une archiduchesse d'Autriche ne put prévenir la chute du grand homme:
élévation, grandeur, que reste-t-il du héros qui a fait
trembler le monde? (désignant de la main une tente) ce pavillon, rapporté d'Égypte, et un peu de cendre aux Inva-
lides.

##### M<sup>me</sup> DE ROSNY.

A la bonne heure; mais quels souvenirs de gloire ne
s'attachent point à cette immortelle tente, sur laquelle
flotte l'oriflamme aux trois couleurs! Vois comme tous
les militaires se pressent à l'entour; nous avons été
près de trois quarts d'heure, mon mari et moi, avant
d'y pouvoir pénétrer: en attendant, nous en faisions le
tour en dehors, lorsque nous aperçûmes le brave général P***, debout, les bras croisés sur sa poitrine, dans
l'attitude d'un homme qui médite sur le passé; des
pleurs roulaient dans ses yeux : ah! sans doute il se
rappelait son illustre compagnon d'armes. Il a fait,
comme tu le sais, toutes les campagnes d'Égypte avec
Napoléon et Kléber : par égard pour ses souvenirs,
devenus en quelque sorte une religion, mon mari voulut
retourner sur ses pas; mais, le bruit d'une branche
d'arbre ayant détourné l'attention du général, il s'avança
vers nous, et, prenant la main de M. de Rosny : « Ar-
« thur, lui dit-il d'une voix émue, vous êtes jeune,
« vous n'avez pas comme moi combattu sous le grand
« homme; mais si l'aspect de ce pavillon ne réveille
« dans votre âme le souvenir d'aucune glorieuse cam-

« pagne, d'aucun des jours de triomphe de la patrie,
« je vois du moins avec bonheur que cette brillante
« jeunesse qui entoure le prince vient chercher ici des
« inspirations pour l'avenir!... »

J'étais aussi touchée que mon mari de l'accent avec
lequel le général P*** prononça ces dernières paroles.
Arthur lui répondit avec une conviction qui passa dans
mon cœur et me fit frémir de crainte : « Général,
« soyez sûr que l'armée française prouvera dans tous
« les temps qu'elle sait garder ses pavillons et prendre
« ceux de l'ennemi. » En disant ces paroles il lui dési-
gnait la tente d'Abd-el-Kader, enlevée par monseigneur le duc d'Aumale.

Mᵐᵉ DOUDEVILLE, souriant.

Ah! vraiment, M. de Rosny a mis dans sa réponse
l'à-propos d'un courtisan. Au reste il n'y a qu'à ouvrir
nos annales anciennes ou récentes, nos vieux auteurs,
ou les ouvrages de MM. Thiers, Lamartine, et de tous
nos historiens modernes, pour reconnaître que la bravoure et la victoire furent de tout temps le partage de
la France. Mais êtes-vous enfin parvenus à entrer dans
la tente magique de l'Empereur? as-tu remarqué sa
richesse au-dedans? Il me semble que cette étoffe de
brocart, relevée à l'entour par des torsades d'or, con-
trastait beaucoup avec la simple redingote grise dont
le vainqueur de Wagram avait coutume de se revêtir.

Mᵐᵉ DE ROSNY.

Oui, ma chère, mais cette tente lui avait été
donnée par les princes du Caire, et l'on ne doit pas

s'étonner du luxe qui y régnait. Imagine-toi que nous y avons trouvé Bou-Maza, auprès de qui je suis restée assise pendant un quart d'heure; son regard expressif témoignait des profondes réflexions que le souvenir du grand général pouvait lui suggérer. Le jeune chef arabe a de beaux traits, l'air distingué que donne une intelligence élevée; toutefois, ces hommes qui considèrent les femmes comme des *choses* ne m'inspirent que de la terreur.

M<sup>me</sup> DOUDEVILLE.

Tu n'es donc pas cette belle enthousiaste qui lui a envoyé une bague?... Mais les princesses sortent du bal; elles viennent chercher le frais de ce côté. Je reconnais S. A. R. madame la duchesse de Montpensier, à sa robe de tulle rose qui lui sied à ravir, et à ses quatre rangées de perles autour de son joli cou arrondi; décidément on lui devra le retour de la mode des colliers, et je n'en serais pas fâchée, pas plus que toutes les femmes qui ont un peu de maigreur.

M<sup>me</sup> DE ROSNY.

L'embonpoint n'a aucune distinction, ma chère, et je suis toujours furieuse de l'entendre vanter... La famille royale se dirige vers l'une des allées latérales; l'infante donne le bras à sa belle-sœur, la princesse de Joinville. Quels beaux yeux noirs! on dirait deux diamants du Pérou; sa robe blanche à volants brodés est de la plus élégante simplicité et du meilleur goût pour une fête champêtre. Les camélias qui ornent sa coiffure sont posés délicieusement; on dirait qu'ils viennent d'être cueillis dans les serres de Neuilly. Comme l'incarnat et le velouté de ces fleurs ressortent bien au milieu de sa belle chevelure brune! Son Altesse Royale brésilienne porte aussi un collier dont l'agrafe en diamants brille de mille feux.

M^me DOUDEVILLE.

On a mis moins de diamants aujourd'hui que pour une fête des Tuileries. La reine Christine, seule, a pour coiffure un diadème en brillants ; j'aime beaucoup les ornements en passementerie de sa robe bleue : perles et diamants, cette toilette s'harmonise parfaitement.

M^me DE ROSNY.

Un diadème! une demi-couronne! c'est significatif pour une régente. Admire madame la duchesse de Nemours : quel port de reine! vois comme elle est belle!

M^me DOUDEVILLE.

Et notre gracieuse princesse Clémentine, quel air de bonté règne dans toute sa personne! Elle ressemble beaucoup à la reine; elle a autant de vertus que sa mère.

M^me DE ROSNY.

Élevée dans de hauts principes religieux, cette famille est toujours unie pour faire le bien, car la reine est d'une charité inépuisable.

M^me DOUDEVILLE, *riant.*

Tu ne perds jamais l'occasion d'en faire l'éloge.

Voilà madame la duchesse d'Aumale ; mais le prince n'est pas dans l'artillerie, et ton mari t'aura peut-être rendue exclusive.

M^me DE ROSNY, *riant.*

Que veux-tu ! on doit avoir l'esprit de son état ; femme d'un officier d'artillerie, je partage ses goûts. J'ai observé, toutefois, que S. A. R. madame la duchesse d'Aumale n'a pas dansé.

M^me DOUDEVILLE.

Je le crois bien, elle est dans une position *intéres-sante,* selon l'expression dont se servent les Anglais pour leur reine, dans de semblables occasions.

M^me DE ROSNY.

La robe de tissu que portait S. A. R. m'a paru d'un bien bon goût, ainsi que le joli chapel de roses qui ceignait sa tête ; son air languissant appelle l'intérêt : on dit cette princesse fort spirituelle.

M^me DOUDEVILLE.

Madame la duchesse d'Orléans manque à la réunion de son illustre famille.

M^me DE ROSNY.

Seule avec sa douleur, S. A. R. veille sur l'enfant qu'attendent les destinées de la France.

M^me DOUDEVILLE.

Il est impossible de ne pas éprouver pour tant de malheur la plus vive des sympathies.

**Mᵐᵉ DE ROSNY**, *avec mystère*

Chut! chut! Valentine, regarde dans le fourré de ce taillis cette robe blanche qui se glisse comme une ombre : l'amour est de toutes les fêtes...(Elle rit.)

**Mᵐᵉ DOUDEVILLE.**

Mais que serait donc la vie sans lui?

**Mᵐᵉ DE ROSNY.**

J'oubliais, madame, que vous preniez toujours son parti; une jeune veuve, comme une jeune fille, cela se conçoit. (Regardant dans le taillis.) Mais je voudrais bien savoir si le roman était déjà commencé à Paris.

**Mᵐᵉ DOUDEVILLE.**

Eh que t'importe! Ce serait une curiosité bien indiscrète.

**Mᵐᵉ DE ROSNY.**

On n'est pas fille d'Ève pour rien; et puis on aime à avoir des premiers le secret d'une petite aventure : j'aime les chroniques amoureuses.

**Mᵐᵉ DOUDEVILLE.**

Mais si on les divulgue, on court le risque de briser deux tendres cœurs, et de jeter le trouble dans un intérieur bien uni ; car les maris croient toujours qu'on les aime, et...

**Mᵐᵉ DE ROSNY**, *l'interrompant.*

Tu en as peut-être vu s'y tromper? (Se levant.) Mais

il y a assez longtemps que nous causons ici, rentrons dans le bal, l'orchestre de Tolbecque nous invite encore à la danse. Quelle bonne pensée a eue le prince de faire venir cent orphéonistes pour nous donner des quadrilles chantés ! cet accompagnement double le plaisir de la soirée.

M<sup>me</sup> DOUDEVILLE, *se levant.*

Tu as raison, il est l'heure de rentrer, la fraîcheur de la nuit commence à me saisir sans m'en apercevoir ; rapprochons-nous un peu, voici l'heure du souper ; et puis viendra le feu d'artifice : je veux tout voir.

M<sup>me</sup> DE ROSNY, *bas.*

Et moi tout entendre. (Montrant un bouquet d'arbres.) Viens de ce côté.

M<sup>me</sup> DOUDEVILLE.

Non, non, suivons la principale allée, c'est la mieux éclairée; et puis ton mari ne t'a-t-il pas engagée à ne t'en pas écarter ?

M<sup>me</sup> DE ROSNY.

A vingt-et-un ans, ma chère, on en fait à sa tête : je suis comme les amants , j'aime les endroits mystérieux. (Elle s'avance vers une allée latérale.)

M<sup>me</sup> DOUDEVILLE, *l'arrêtant.*

Quelle obstination ! je dirai même qu'il y a de l'inconvenance.

M<sup>me</sup> DE ROSNY.

Je ne prétends pas être indiscrète, encore moins

méchante, mais , je te l'avoue, je tiens extrêmement
à savoir le nom de la personne qui s'est éclipsée ainsi,
dans le silence : à travers ces grands arbres, j'ai cru
la reconnaître.

M<sup>me</sup> DOUDEVILLE.

Raison de plus pour l'éviter.

M<sup>me</sup> DE ROSNY.

Il serait piquant, au contraire, de passer devant elle
et d'en être reconnue.

M<sup>me</sup> DOUDEVILLE.

Il n'y aurait à cela aucune générosité.

M<sup>me</sup> DE ROSNY.

Ah vraiment ! Si tu analyses ainsi une simple plaisanterie, tu en feras bientôt un crime véritable.

M<sup>me</sup> DOUDEVILLE.

Le moins, c'est d'être une trahison ; et si tu per-
sistes, je penserai que l'officier d'artillerie qui cause
avec la dame blanche, et dont nous ne pouvons distin-
guer que l'uniforme, t'occupe au moins autant qu'elle.

M<sup>me</sup> DE ROSNY.

Quelle folie ! quand mariée depuis deux ans à peine,
tu sais que M. de Rosny et moi nous nous adorons ;
pourrais-je consentir à recevoir d'autres vœux que
les siens ? et lui-même, ne me garde-t-il pas la foi
jurée ?

M<sup>me</sup> DOUDEVILLE.

Sans doute; toutefois il faut se garder également
de trop de témérité : une imprudence peut coûter le
bonheur !

M<sup>me</sup> DE ROSNY, *sans l'écouter.*

La conversation paraît animée. (Elle écarte le feuillage
avec précaution et s'éloigne précipitamment; M<sup>me</sup> Doudeville la suit.)
Ah ciel !

M<sup>me</sup> DOUDEVILLE.

Eh bien !.. qui as-tu reconnu?

M<sup>me</sup> DE ROSNY.

Tu ne devinerais jamais...

M<sup>me</sup> DOUDEVILLE.

Parmi cinq ou six mille personnes, c'est difficile.

M<sup>me</sup> DE ROSNY.

C'est... c'est... (Elle rit.)

M<sup>me</sup> DOUDEVILLE.

Achève donc, petite folle !

M<sup>me</sup> DE ROSNY.

Je prétends me venger de la morale de mon mentor
de vingt-trois ans, car te voilà aussi intriguée que je
l'étais tout-à-l'heure moi-même.

M<sup>me</sup> DOUDEVILLE.

J'en conviens... hâte-toi de m'en retirer.

M<sup>me</sup> DE ROSNY, *avec un sérieux comique.*

Je suis charmée d'avoir appris, madame, que l'occasion seule manquait à votre austère vertu.

Mᵐᵉ DOUDEVILLE.

C'est prendre trop longtemps sa revanche : parle donc?

Mᵐᵉ DE ROSNY, *contrefaisant* Mᵐᵉ *Doudeville.*

Mais si on allait divulguer ce secret, ne risquerait-on pas de compromettre le bonheur d'un ménage?

Mᵐᵉ DOUDEVILLE.

Elle n'en finira pas... Tu connais ma prudence...

Mᵐᵉ DE ROSNY.

Et sans cela, ma chère Valentine, je ne te fais même pas la condition de te taire : le trait mérite au contraire d'être publié.

Mᵐᵉ DOUDEVILLE.

Vraiment! mais alors je m'y perds tout-à-fait ; j'en jette ma langue au chat.

Mᵐᵉ DE ROSNY.

C'est sagement fait. (S'approchant et avec mystère.) Sachez donc que dans ce vert bosquet, à l'abri du bruit de la fête, sous la paisible voûte du ciel étoilé, un doux tête-à-tête a lieu entre M. le général L*** et sa femme... c'est édifiant, n'est-ce pas ?

Mᵐᵉ DOUDEVILLE, *souriant.*

Oui et non ; quand on est marié depuis dix ans, on est moins empressé de rechercher les douces occasions.

Mᵐᵉ DE ROSNY.

Je te le disais bien, l'exemple ne sera pas contagieux.

Mᵐᵉ DOUDEVILLE, *riant.*

Je conviens avec toi que l'artillerie est une arme fort recommandable.

Mᵐᵉ DE ROSNY.

Te voilà donc entièrement de mon avis.

Mᵐᵉ DOUDEVILLE.

Ajoutons qu'il existe de merveilleux talismans à la belle fête de Vincennes.

Mᵐᵉ DE ROSNY, *gaîment.*

Vive monsieur le duc et madame la duchesse de Montpensier !

Mᵐᵉ DOUDEVILLE.

En vérité, Anna, un simple artilleur enthousiaste ne dirait pas autrement ; mais une lionne, ne craint-elle pas de se compromettre ?

Mᵐᵉ DE ROSNY.

Je suis toujours le premier mouvement de mon cœur... Mais voici à la fin ces messieurs : je gagerais que je ne serai désavouée par aucun d'eux.

En cet instant, la première fusée du feu d'artifice se fit jour à travers la voûte des arbres et se dispersa en pluie de diamants, de rubis, de saphirs et d'émeraudes au milieu du feuillage ; un groupe d'officiers s'était avancé vers les jeunes femmes pour leur offrir le bras. De ce nombre était le colonel de Fresne, qui présenta le sien à M<sup>me</sup> Doudeville, dont la physionomie exprima ce qu'elle venait de dire : Qu'à la belle fête de Vincennes, il se rencontrait d'heureux talismans.

# TABLE